W0267819

Roswitha Wildgans, Jahrgang 1963, studierte an der Musikhochschule München Gesang. Sie trat als Solistin auf, war Mitglied in verschiedenen Profichören und arbeitete mehrere Jahre als Gesangspädagogin an einer Musikschule. Sie lebt mit Mann und Tochter in der Nähe von Freising. Im Emons Verlag erschienen »Finale Furioso« »Solo Mortale« und »Concerto Fatale«.

Dieses Buch ist ein Roman. Handlungen und Personen sind frei erfunden. Ähnlichkeiten mit lebenden oder toten Personen sind rein zufällig.

ROSWITHA WILDGANS

CHORALE CRIMINALE

OBERBAYERN KRIMI

Emons Verlag

© Hermann-Josef Emons Verlag
Alle Rechte vorbehalten
Umschlagzeichnung: Heribert Stragholz
Druck und Bindung: CPI – Clausen & Bosse, Leck
Printed in Germany 2008
ISBN 978-3-89705-613-8
Oberbayern Krimi 8
Originalausgabe

Unser Newsletter informiert Sie
regelmäßig über Neues von emons:
Kostenlos bestellen unter
www.emons-verlag.de

Meiner Familie gewidmet

»Wenn es die Hörer mitreißt,
ist es Unterhaltung,
wenn nicht, ist es Kunst.«
Louis Armstrong

1.

»Ro-o-ra-a-a-te!«, legte ich los.

Unser Chorleiter Gabriel Thurgau schaute böse zu mir herüber. »Ein gregorianischer Choral ist kein Aufruf zur Schlacht! Wenn sich eine bestimmte Person nicht endlich angesprochen fühlt, werde ich das Stück aus dem Programm nehmen.«

»Aber nein, es ist doch so schön!«, flehte meine Sitznachbarin Bernadette Sieger.

Herr Thurgau blickte seine neue Lieblingsaltistin zärtlich an. Wenigstens sie verstand ihn.

»Vielleicht sollte man gewisse Probleme stimmgruppenintern lösen«, schlug Bernadette mit sanfter Stimme vor.

»Wenn Sie es versuchen wollen, liebe Frau Sieger«, flötete Herr Thurgau in kaum erträglicher Süßlichkeit.

Bernadette zog die Mundwinkel nach oben und schenkte mir ein Lächeln, das ihrem Nachnamen absolut gerecht wurde.

Grrr! Na warte, du schwindsüchtige Wohlklangs-Altistin, dir werde ich zeigen, wer hier im Alt seit dreißig Jahren das Zepter schwingt. Nur weil du ein paar Jahre in der berühmten Gächinger Kantorei in Stuttgart mitsäuseln durftest, hast du bei uns noch lange nichts zu melden!

Seit Bernadette Sieger vor drei Monaten als Frau Professor für Ökotrophologie in ihre Heimatstadt Freising zurückgekehrt war und sich ausgerechnet für unseren Kirchenchor entschieden hatte, war der gute Thurgau völlig von der Rolle. Bernadettes große braune Kulleraugen, ihre zierliche Wespentaille und natürlich ihre angeblich so hohe Musikalität hatten unseren Taktstockschwinger komplett um den Verstand gebracht. Niemals hätte ich mir vorstellen können, dass der Thurgau einer Frau derart auf den Leim gehen würde. Bisher hatte ich ihn immer für eine Art Neutrum gehalten, aber manchmal kommt es eben anders, als man denkt. Nun hatte der dreiundvierzigjährige Junggeselle nur noch Augen und Ohren für Bernadette, alle übrigen Chormitglieder waren entweder störend oder Luft für ihn.

Herr Thurgau gab erneut den Einsatz zum Choral »Rorate coeli«, der unser diesjähriges Weihnachtskonzert eröffnen sollte. Angriffslustig setzte ich ein und bügelte Bernadettes lyrisches Stimmchen mit meinem hochdramatischen Organ bereits bei »coeli« so dermaßen nieder, dass ihr makelloses Unschuldsgesicht vor Wut rot anlief. Herr Thurgau winkte ab und holte tief Luft, um eine Schimpfsalve auf mich abzufeuern, da sprang plötzlich die Tür des Chorprobenraums auf. Ein gebückter Mann stolperte herein, kippte nach wenigen Schritten vorn über und fiel auf den Fußboden, wo er reglos liegen blieb. Herrn Thurgau blieb der Tobsuchtsanfall im Hals stecken, er starrte mit offenem Mund auf die am Boden liegende Person.

Sekundenlang machte keiner einen Mucks, bis gleichzeitig mehrere Sopranistinnen von ihren Stühlen aufsprangen und sich über die Gestalt beugten.

»Hallo, hallo!«, rief Franziska und legte dem Mann die Hand auf die Schulter.

Inzwischen hatte natürlich auch mich die Neugierde gepackt, und so stand ich von den anderen etwas abgedrängt neben den Füßen des Mannes, als Gabi entsetzt schrie:

»Der blutet ja, da ist Blut am Boden!«

Ullrich kniete sich hin, drehte den Mann um und legte dessen Kopf auf seine Knie. Kreischende Sopranistinnen bestätigten Gabis Aussage, das Hemd des Mannes war an der Vorderseite kreisförmig mit Blut getränkt.

»Schnell, ruft den Notarzt und die Polizei, auf den Mann ist offenbar geschossen worden!«, brüllte Ullrich.

Thea zog mich am Arm zur Seite. »Wollte der zu dir?«, fragte sie geschockt.

»Wieso zu mir? Ich kenn den Kerl doch gar nicht.«

»Maja, wo schaust du denn hin bei einem Mann? Das ist Rudi!«

»Welcher Rudi?« Ich verstand immer noch nicht.

»Na, der schöne Rudi, dein Ex.«

Ich spulte in meinem Kopf die letzten Jahrzehnte zurück, bis schließlich ein Gesicht vor meinem inneren Auge auftauchte, das mit dem verknitterten Antlitz des Mannes, der da am Boden lag, überhaupt nichts zu tun hatte.

»Das soll der schöne Rudi sein?«, fragte ich ungläubig.

»Maja, es sind fast vierzig Jahre vergangen«, erinnerte mich Thea.

Der schöne Rudi, so hatten wir ihn früher genannt. Damals war er wirklich ein attraktiver Mann gewesen, er war breitschultrig und sportlich und hatte einen leicht verschmitzten Blick, der bei den Frauen gut ankam. Außerdem hatte er volles, dunkles Haar, und nicht nur ein paar graue Flusen auf dem Kopf, so wie dieser ältere Herr.

Thea kämpfte sich noch einmal durch die umstehenden Chorsänger zum Gesicht des Mannes vor, dann wandte sie sich wieder an mich. »Jetzt würde ich ihn auch nicht mehr nehmen«, informierte sie mich trocken.

Sie war seinerzeit ebenfalls in den schönen Rudi verknallt gewesen, aber nicht zum Zug gekommen. Mir hingegen war damals eine etwa halbjährige Affäre mit ihm vergönnt gewesen, in dieser Zeit hatte Thea aus Eifersucht kein Wort mit mir gesprochen. Erst als mich der schöne Rudi gegen eine rassige Bäckerstochter ausgewechselt hatte, war der Friede zwischen Thea und mir wieder hergestellt.

»Er hat keinen Puls!«

»Er reagiert nicht!«

Hektische Stimmen flogen durcheinander.

»Das ist doch der Metzger aus dem Lerchenfeld! Das ist doch der Rudi Würmtaler!« Ruth, die Frau von Kriminalkommissar Scheffel, hatte den Mann also ebenfalls identifiziert. »Was wollte der hier?«, rief sie aufgeregt in die Menge.

Das fragte ich mich natürlich auch.

Herr Thurgau hing unterdessen kreidebleich auf einem Chorstuhl, Bernadette Sieger fächelte ihm fürsorglich mit einem Notenblatt Luft zu. Endlich kamen zwei Notärzte im Laufschritt in den Probensaal und machten sich am schönen Rudi zu schaffen.

Ullrich stand vom Boden auf und kam zu Thea und mir herüber. »Der ist tot, da bin ich sicher. Der ist auf meinem Schoß gestorben.« Betroffen öffnete er ein Fenster und sog die eiskalte Novemberluft ein.

Der etwas korpulentere Sanitäter sah seinen schlaksigen Kollegen an und schüttelte den Kopf. Dem schönen Rudi war offenbar tatsächlich nicht mehr zu helfen.

Da um die Leiche herum nur schwer ein Platz mit guter Sicht zu bekommen war, setzte ich mich von Thea gefolgt wieder auf meinen Platz.

»Hast du ihn all die Jahre nicht mehr gesehen?«, fragte Thea schließlich.

Ich musste überlegen, konnte mich aber beim besten Willen nicht mehr daran erinnern, wann ich mit Rudi zum letzten Mal Kontakt gehabt hatte. Da ich nach seiner abrupten Beendigung unserer Liaison natürlich nicht gut auf ihn zu sprechen gewesen war, war ich ihm jahrelang aus dem Weg gegangen, das wusste ich noch. Doch spätestens seit meine Tochter Viola auf der Welt war, hatte ich diesen Kleinstadtcasanova völlig aus den Augen verloren. Wahrscheinlich hätte ich ihn auch gar nicht mehr erkannt, wenn er an mir vorbeigelaufen wäre, so wie der sich verändert hatte.

»Ich bin ihm manchmal begegnet«, sinnierte Thea vor sich hin, »aber er tat immer so, als würde er mich nicht kennen, und hat sofort in die andere Richtung geschaut. Eingebildeter Depp!«

»Eingebildet war er«, pflichtete ich Thea bei.

»Er hat einen guten Leberkäs gemacht, deshalb war ich öfters bei ihm drin«, übertönte Ruths Stimme unser Gespräch.

»Der vom Boneberger ist besser«, meinte Anneliese sofort.

»Niemals, der ist mir viel zu salzig«, mischte sich Waltraud ein.

»Was seid ihr für pietätlose Ratschweiber«, empörte sich Wolfgang, »zu euren Füßen liegt ein erschossener Mann, und ihr unterhaltet euch über Leberkäs!«

»Ich wollte nur etwas Positives über ihn sagen«, verteidigte sich Ruth und fuhr fort: »Aber natürlich war er selten im Laden, da war seine Frau die Chefin.«

»Seine Frau war überhaupt die Chefin, er hat nur eingeheiratet«, meldete sich Heribert zu Wort.

Ich erinnerte mich noch an die große Hochzeitsanzeige in der Zeitung, etwa drei Jahre, nachdem sich Rudi von mir getrennt hatte. Er hatte in eine alteingesessene Metzgerfamilie im Stadtteil Lerchenfeld eingeheiratet.

»Seine Frau war bei der Hochzeit im fünften Monat schwanger«, zischte mir Thea zu, »ein klarer Fall von Zwangsheirat.«

»Immerhin scheint die Ehe bis heute gehalten zu haben«, bemerkte ich. Wie es hinter den Kulissen ausgesehen hatte, weiß man natürlich nicht.

Ruths Mann, Kommissar Scheffel, betrat mit mehreren Polizeibeamten den Chorprobenraum. Die Chorsänger, die sich um den leblosen Körper geschart hatten, sprangen sofort zurück und setzten sich bis auf Ruth alle auf ihre Plätze. Während Polizeiarzt Dr. Schmidt den Toten untersuchte, ließ sich Kommissar Scheffel von seiner Frau berichten, was passiert war. Wieder ging die Tür auf, und die Männer der Spurensicherung kamen in ihren weißen Anzügen herein. Kurz darauf übergab ein Polizeibeamter mit Plastikhandschuhen dem Kommissar ein Handy, das er aus Rudis Jackentasche gezogen hatte. Der bullige Kommissar Scheffel flüsterte mit seinem Kollegen und wandte sich dann an den Chor.

»Meine Damen und Herren, es muss einen Grund geben, warum sich Herr Würmtaler mit letzter Kraft hierher in den Chorprobenraum geschleppt hat. Wenn er auf der verzweifelten Suche nach Hilfe war, stellt sich die Frage, warum er sein Handy nicht benutzt und damit die Polizei gerufen hat. Wollte Herr Würmtaler vielleicht zu irgendjemandem von Ihnen?«

Wir starrten uns untereinander fragend an, aber keiner sagte etwas.

»Na schön, wir werden das in Einzelgesprächen klären. Bitte verlassen Sie jetzt diesen Raum, Sie werden alle von uns hören!«

Im Vorbeigehen warf ich noch einen letzten Blick auf den schönen Rudi, dann marschierte ich mit dem Großteil des Chores in meine Weinstube »Zum Kuckuck« schräg gegenüber der Kirche St. Peter und Paul.

2.

»Wer von uns wohnt im Lerchenfeld?«

Wie zu erwarten, begann Ruth Scheffel sofort mit ihren persönlichen Ermittlungen und brüllte ihre Frage quer über den langen Tisch, den ich wie jeden Freitagabend für die Chormitglieder reserviert hatte. Ob sich Kommissar Scheffel für die Tratschgeschichten interessierte, die seine Frau mit nach Hause brachte?

»Von uns wohnt doch niemand im Lerchenfeld, wir sind schließlich der Kirchenchor von Neustift«, tat Tenor Willi Ruths Frage mit Kopfschütteln ab.

»Aber der Heinz wohnt im Lerchenfeld«, widersprach Walburga aus dem Sopran, »der hat vor ein paar Jahren dort gebaut und ist mit seiner Familie in die Finkstraße gezogen, das weiß ich genau!«

»Ich meinte natürlich außer Heinz«, stöhnte Ruth mit rollenden Augen, wohl wissend, dass Heinz niemals mit in die Weinstube ging und auch sonst als Informationsquelle denkbar ungeeignet war. Er arbeitete den ganzen Tag in München und war zudem nicht gerade gesprächig.

»Hildegard, deine Schwester wohnt doch im Lerchenfeld!« Ruth strahlte ob ihres eigenen Geistesblitzes und sah Hildegard erwartungsvoll an.

»Ja, schon.« Als unser eher ruhiges Chormitglied Hildegard bemerkte, dass sich nun alle Blicke auf sie richteten, kam sie sich mit einem Mal sehr wichtig vor. »Natürlich wohnt die Resi im Lerchenfeld, und sie kauft auch oft beim Würmtaler ein, und sonst kennt sie natürlich auch jeden, der da hingeht, das ist ja wohl klar!«

Ruth reagierte sofort und orderte bei meinem langjährigen Angestellten Andreas eine weitere Karaffe Grünen Veltliner, zu dem sie die ihr gegenübersitzende Hildegard großzügig einlud. Die anderen Chormitglieder versuchten trotz des störenden Klangteppichs aus Unterhaltungen und klirrenden Gläsern dem Gespräch zwischen Ruth und Hildegard zu folgen.

»Na, was erzählt man sich denn so über die Metzgerfamilie?« Ruth fackelte nicht lange, während sie Hildegard beflissen den frischen Weißwein einschenkte, den Andreas gerade an den Tisch gebracht hatte.

Hildegard nahm mehrere kräftige Schlucke und genoss die Aufmerksamkeit der Chormitglieder, die sie sich viel öfter wünschte, dann warf sie dem Volk gezielt einen Bissen vor die Füße: »Es war ja kein Geheimnis, dass er was mit der jungen Verkäuferin in seinem Laden hatte.«

»Was? Mit der Dicken?« Mehrere Stimmen riefen durcheinander.

»Genau mit der.« Hildegard griff zur Weinkaraffe und schenkte sich selbst nach.

»Die ist wenigstens nett«, verteidigte Anneliese den schönen Rudi, »seine Frau ist dagegen eine geldgierige Bissgurke.«

»Das stimmt«, ereiferte sich Waltraud, »jedes Mal, wenn man bei der Aufschnitt kauft, wird man beim Abwiegen gefragt, ob's ein bisserl mehr sein darf. Eigentlich wollte ich deswegen gar nicht mehr reingehen, aber meine Cousine wohnt um die Ecke, und da liegt die Metzgerei eben auf dem Weg.«

»So, so«, meinte Ruth ungeduldig. »Und seine Frau wusste von der Affäre?«

»Wahrscheinlich schon, er hat die Dicke immer in den Allerwertesten gezwickt, wenn er an ihr vorbeigegangen ist. Wenn's der Kundschaft schon aufgefallen ist, wird's seine Frau doch erst recht gemerkt haben.«

Die Chorsänger tuschelten untereinander, und ich hörte Gesprächsfetzen wie »... immer schon ein Casanova ...« und »... noch nie einen guten Geschmack, was Frauen angeht ...«

Was?! Reflexartig sprang ich auf und brüllte: »Das ist ja wohl eine Unverschämtheit!« Eine Sekunde später wurde mir bewusst, dass ich soeben einen Fehler gemacht hatte. Meine

Mitsänger drehten sich alle zu mir und starrten mich mit aufgerissenen Augen an.

»Ach stimmt, du hattest ja auch mal was mit ihm, Maja«, bemerkte Hildegard beiläufig, während sie sich den Rest vom Grünen Veltliner ins Glas goss.

»Das ist doch nicht wahr, Maja, oder?«, hakte meine Freundin Lilli zu allem Überfluss nach.

Ich spürte, dass ich rot wurde wie eine Tomate. Verdammt noch mal, ich war eine gestandene Frau von achtundfünfzig und musste mich doch nicht wegen einer vierzig Jahre zurückliegenden Affäre schämen, wo lebten wir denn?

»Ich möchte einiges klarstellen«, ging ich in die Offensive, »erstens ist das Jahrzehnte her, und zweitens hatte er früher nicht umsonst den Beinamen ›der schöne Rudi‹. Die ganze Stadt war hinter ihm her, stimmt's, Thea? Er hätte an jedem Finger zehn haben können, aber er wollte mich!«

»Allerdings nicht lange, wenn ich recht informiert bin«, ergänzte Hildegard, bevor sie sich genüsslich den letzten Tropfen Weißwein einverleibte.

»Ach Maja«, setzte Ruth mitfühlend an, »wenn man verlassen wird, kratzt das natürlich immer am Ego. Ein Glück, dass ich so etwas nie erleben musste.«

Langsam kam ich mir vor wie im falschen Film. Da schmiss sich der schöne Rudi nach vierzig Jahren erschossen vor meine Füße, und jetzt schaute mich der halbe Chor so mitleidig an, als wäre ich seine Witwe! Spinnen die alle?!

»Sag nichts mehr«, zischte mir meine Freundin Lilli von rechts zu, »das wird alles gegen dich verwendet.«

Ich beherzigte ihren Rat und stand auf. Die beiden neuen Studenten, die ich seit zwei Wochen in der Weinstube beschäftigte, waren schon wieder gemütlich am Plauschen, während mehrere Gäste vergeblich auf Bedienung warteten. Andreas knurrte im Vorbeigehen: »Die zwei Typen solltest du möglichst schnell rausschmeißen, die bringen überhaupt nichts.«

Andreas hatte recht, und ich erteilte den Studenten zum x-ten Mal einen Rüffel, der zumindest für die nächste halbe

Stunde Wirkung zeigen würde. Ich ging zum Tresen und zapfte mir ein Pils, das ich im Stehen trank, während ich gleichzeitig versuchte, die Fakten zu ordnen. Also gut, es war bekannt geworden, dass ich vor langer Zeit mit dem schönen Rudi eine Affäre hatte und dass er mich hatte sitzen lassen. Na und? Kann ja mal vorkommen. Und nun war der schöne Rudi ausgerechnet vor meiner Nase eines unnatürlichen Todes gestorben. Die würden mich doch nicht vierzig Jahre nach dieser dämlichen Geschichte mit seinem Tod in Verbindung bringen, das wäre doch lächerlich, oder?

Nein, ist es nicht, schoss es mir durch den Kopf, du kennst Ruth! Ich trank aus und ging wieder zum Chortisch zurück. Da mir einige Chorsänger mit dem Rücken zugewandt saßen, bemerkten sie mein Kommen nicht, aber ich konnte gerade noch hören: »... und Bernadette ist ihr natürlich auch ein Dorn im Auge, sie kann es einfach nicht akzeptieren, dass Bernadette besser singt und dass der Thurgau ...«

»Was wolltest du weiter sagen, Anneliese?«

Meine Chorkollegin sah mich erschrocken an, fing sich aber gleich wieder: »Wir haben nur darüber geredet, dass du eifersüchtig auf Bernadette bist.«

»Wie bitte?« Das schlug ja dem Fass den Boden aus! »Dieses kleine Zirpstimmchen kann man doch nicht ernst nehmen, die sing ich an die Wand, dass die Fetzen fliegen!«

Anneliese zog die Brauen nach oben und machte eine bedeutungsvolle Pause. »Maja, es geht nicht darum, wer lauter singt, sondern wer schöner singt.«

»Um das beurteilen zu können, sollte man etwas davon verstehen, meine liebe Anneliese. Wie ich sehe, hat unser Neuzugang die Choratmosphäre bereits nach Kräften vergiftet, aber ehrlich gesagt habe ich nichts anderes von dieser Person erwartet.«

»Mir ist sie auch unsympathisch«, erklärte sich Heribert spontan solidarisch. Ich nickte ihm verschwörerisch zu, er hatte etwas gut bei mir.

»Die spielt sich bloß auf, da steckt nichts dahinter«, stimmte Thea mit ein. »Es ist schon fast pubertär, wie sie sich an den Thurgau ranschmeißt.«

»Was, sie sich an ihn? Da würde ich an deiner Stelle mal besser hinsehen, Thea, es ist genau andersherum«, belehrte Franziska ihre Sitznachbarin.

»Sie hat einen Freund«, warf die ziemlich angesäuselte Hildegard beiläufig ein.

»Hä?«, raunte die Menge ungläubig.

»Ich habe die zwei beim Einkaufen gesehen.«

»Mamma mia, die hat vielleicht einen Sanctus«, flüsterte Lilli.

»Weil Ruth sie so abgefüllt hat«, ergänzte Thea.

Ich ließ meinen professionellen Rundum-Blick über die Gläser der Chormitglieder schweifen und bemerkte, dass unser Chorsprecher Ullrich fast nichts getrunken hatte. Er war etwas später als wir in die Weinstube gekommen und schien sich an unseren Tischgesprächen nicht zu beteiligen.

»Ullrich, ist alles in Ordnung?«, fragte ich nach.

»Wenn man euch so reden hört, hat man tatsächlich den Eindruck, dass alles in Ordnung ist. Mensch, Leute, da ist ein Mann vor unseren Augen gestorben, und ihr habt nichts Besseres zu tun, als über ihn und über nicht anwesende Chormitglieder herzuziehen! Die Polizei hat den Platz vor dem Landratsamt abgesperrt, weil dort Blutspuren gefunden wurden. Falls die Blutspuren vom Würmtaler sind, bedeutet das, dass er sich mindestens zweihundert Meter mit dieser schweren Schussverletzung zu uns in den Probenraum geschleppt haben muss. Vielleicht würde er jetzt noch leben, wenn er sofort über Handy den Notarzt gerufen hätte. Macht ihr euch denn keine Gedanken darüber, warum er stattdessen mit letzter Kraft zu uns gekommen ist? Wollte er jemandem aus dem Chor etwas mitteilen, das wichtiger war als sein Leben?«

Mit einer langsamen Kopfbewegung richtete Ruth ihren Blick auf mich und forderte mich damit indirekt zu einer Antwort auf, die übrigen Chormitglieder taten es ihr gleich.

»Nein, meine Lieben, das ist doch absurd!« Ich wehrte

mich sofort vehement gegen jegliche Annahmen in diese Richtung, hatte aber plötzlich das Gefühl, dass mir niemand so recht glaubte. »Das ist absolut lachhaft, ich habe den schönen Rudi seit vierzig Jahren nicht mehr gesehen«, versuchte ich es noch einmal, aber Ruths Gesichtsausdruck verriet deutlich, dass sie nicht bereit war, diese vermeintlich heiße Spur so schnell wieder aufzugeben.

Ich flüchtete in Richtung Tresen und ging Andreas zur Hand. Das konnte ja heiter werden. Ich freute mich schon darauf, wenn ihr Göttergatte penibel genau in meinem angestaubten Liebesleben herumschnüffeln würde.

3.

Am Samstagmorgen machte ich mich in aller Herrgottsfrühe auf zum Marienplatz, um am Markt einen hübschen Adventskranz zu kaufen. Die Dinger wurden zwar schon seit Wochen überall feilgeboten, aber aus Sicherheitsgründen kaufte ich meinen erst am Samstag vor dem ersten Adventssonntag, in der Hoffnung, dass die Tannenzweige dann etwas frischer wären und nicht so schnell austrockneten. Vor einigen Jahren hatte mich ein Stammgast in der Weinstube darauf aufmerksam gemacht, dass aus meinem gekippten Wohnzimmerfenster dicker Rauch herausqualmte. Da ich gerade zwei Flaschen Bardolino geöffnet hatte, war ich sofort mit beiden Flaschen nach oben gerannt und hatte damit meinen lichterloh brennenden Adventskranz gelöscht. Mein neuer Wohnzimmerteppich war total hinüber, von der edlen Tischdecke ganz zu schweigen. Und warum das alles? Weil ich mir von einer gerissenen Gärtnereiverkäuferin drei Wochen zu früh einen Adventskranz hatte aufschwatzen lassen. Dabei war ich mir fast sicher, dass ich die Kerzen ausgemacht hatte, aber bei so einem trockenen Zeug reicht ja ein kleiner Funkenflug beim Ausblasen, damit alles in Flammen aufgeht. Das würde mir jedenfalls nicht mehr passieren.

Während ich im kalten Nebel die Landshuter Straße entlangging, beschloss ich, in diesem Jahr etwas mehr Geld in den Adventskranz zu investieren. Heuer musste er besonders schön sein, ein Adventskranz ist ja fast so etwas wie eine Visitenkarte. Meine Tochter Viola, ihr Mann Salvatore und meine beiden Enkelkinder würden wie jedes Jahr die Weihnachtsfeiertage bei mir verbringen, aber dieses Mal würden sie Violas Schwiegermutter Maria mitbringen. Sie hatte sich doch glatt darüber beschwert, dass ihre Enkelkinder Weihnachten immer bei mir feierten, dabei hatte Maria die Familie das ganze Jahr über in Verona quasi vor der Haustür. Also hatte mein geschätzter Schwiegersohn die glorreiche Idee, seine Mutter mit ins Auto zu packen, damit wir alle zusammen feiern konnten. Was sollte ich dazu sagen? Im Grunde war es mir egal, Maria sprach kein Wort Deutsch, und ich nur mäßiges Volkshochschul-Italienisch, das mir seltsamerweise ausgerechnet bei Gesprächen mit italienischen Staatsbürgern entfiel. Jedenfalls wollte ich mich natürlich nicht lumpen lassen und vor Violas Schwiegermutter in jeder Hinsicht eine »bella figura« machen.

Ich ging die Untere Hauptstraße vor und musste bald feststellen, dass ich nicht die Einzige war, die sich zu früher Stunde eine möglichst große Auswahl an schönen Kränzen erhofft hatte. Um die Gesteckstände herrschte bereits jetzt großes Gedränge und Geschiebe.

Unter rigorosem Einsatz meiner Ellbogen hatte ich mich schließlich in die erste Reihe des begehrtesten Standes vorgekämpft und musste mich nun schnell entscheiden. Welcher war denn nun der schönste? Und sollte es in diesem Jahr nicht vielleicht ein etwas größerer sein? Ein Blick auf die Preise überzeugte mich davon, dass eine mittlere Größe durchaus in Ordnung war. Kurz entschlossen griff ich nach einem Kranz, den ich für mich persönlich niemals gekauft hätte, weil er dermaßen üppig mit goldenen Schleifen, Sternen, Kugeln und anderen Accessoires überladen war, dass man kaum noch Grün sah. Die vier goldenen Kerzen waren nicht glatt, sondern zu kunstvoll gewundenen Säulen nach oben gedreht. Also wenn das nicht Eindruck machte, dann wusste ich auch nicht! Ich zahlte den stattlichen Preis und trug meine neue Errungenschaft wie ein Tablett vor mir her.

»Maja, Maja!« Oh nein, die stets etwas schrille Stimme von Ruth Scheffel schallte über den Marienplatz. Ich beschleunigte in der Hoffnung, ihr zu entkommen, was mir natürlich nicht gelang. Nach etwa zehn Sekunden stand sie keuchend vor mir und versperrte mir mit ihrem XXL-Adventskranz den Weg.

»Wenn man die schönsten ergattern will, muss man früh dran sein …«, plapperte sie drauflos, bis sie beim Anblick meines Adventskranzes innehielt. Zugegeben, Ruths Kranz war klassisch schön, nicht zu viel Schnickschnack, nicht zu wenig, aber sie hatte ihn natürlich unter ganz anderen Voraussetzungen ausgesucht.

»Violas Schwiegermutter kommt heuer mit«, klärte ich sie ohne jede Verlegenheit auf, »da muss etwas mehr Fleisch in die Suppe, du verstehst, was ich meine.«

»Ach, du Ärmste! Unter dem Stress möchte ich wirklich nicht stehen! Die Südländer ziehen Feste ganz anders auf, da musst du dich aber ranhalten. Ich würde an deiner Stelle vorkochen, wo es geht, und dann einfrieren, sonst schaffst du es nie und nimmer. Wie weit bist du denn mit den Plätzchen? Also ich habe heuer auch erst zwölf Sorten gebacken, und wenn ich weiter so trödle, werde ich langsam nervös.«

Jetzt wurde ich allmählich nervös, ein Anflug von Panik überkam mich. Über solche Dinge hatte ich mir noch gar keine Gedanken gemacht.

»Immer bleibt alles an mir hängen, mein Mann ist leider gar keine Hilfe, noch dazu, wo er jetzt diesen mysteriösen Mordfall am Hals hat.« Ruths Mundwerk stand auf Dauerbetrieb. »Erst heute Morgen hat er mir gesagt, dass er jedem noch so abwegigen Hinweis nachgehen muss, also wirklich jedem.«

Ich hatte verstanden. Natürlich hatte Ruth ihrem Mann gegenüber meine jahrzehntelang zurückliegende Affäre mit dem Mordopfer entsprechend aufbereitet.

Eine weitere Bekannte von Ruth tauchte mit ihrem Adventskranz aus dem Getümmel auf, Ruth verabschiedete sich schnell von mir und trug ihren Luxuskranz weiter zur Schau.

Als ich nach Hause lief, war ich doch froh, dass ich mich für eine mittlere Kranzgröße entschieden hatte, das Ding wurde schwerer und schwerer und zog mir die Arme lang.

Nanu, wer stand denn da vor meiner Haustür? Ach du Schande, es war Bernadette Sieger. Umdrehen war zwecklos, sie hatte mich bereits gesehen und kam auf mich zu.

»Guten Morgen, Maja, nachdem ich mehrmals geklingelt

habe, hatte ich schon Angst, ich könnte dich aus dem Schlaf gerissen haben.«

»Hast du nicht, wie du siehst«, meinte ich kurzangebunden. »Um was geht es denn?«

»Ich wollte mit dir reden«, sagte sie ernst.

Das fehlte mir noch. Da ich nicht imstande war, den schweren Adventskranz länger zu stemmen, blieb mir nichts anderes übrig, als sie in meine Wohnung zu bitten. Trotz Kälte war ich von der Schlepperei ganz schön ins Schwitzen gekommen, ich war heilfroh, als ich das gute Stück endlich auf meinem Wohnzimmertisch abladen konnte. Natürlich bot ich Bernadette ganz entgegen meiner ansonsten selbstverständlichen Höflichkeit nichts zu trinken an, sie sollte schließlich so schnell wie möglich wieder verschwinden.

»Darf ich?«, fragte sie förmlich, bevor sie sich auf einen Sessel setzte.

»Ich höre«, stöhnte ich deutlich genervt und setzte mich ebenfalls.

»Maja, kann es sein, dass du mich im Chor als Konkurrentin siehst?« Sie spitzte ihre dunkelrot geschminkten Lippen und starrte mich an.

»Als Konkurrentin? Ha, dass ich nicht lache, den Thurgau gönn ich dir, da kannst du sicher sein!«

Eins zu null für mich.

»Du hast mich missverstanden, Maja«, sagte sie nach einer kurzen Pause, »ich meine das rein musikalisch.«

»Musikalisch gibt es für mich keine Konkurrenz, ich habe das absolute Gehör und singe alles vom Blatt.«

Haha, das hatte sie nicht gewusst! Zwei zu null für mich.

Bernadette rutschte auf ihrem Sessel hin und her und holte schließlich zum großen Schlag aus: »Du hast selbst gehört, dass mich Gabriel Thurgau gebeten hat, die Missklänge im Alt intern zu beseitigen. Nun, deshalb bin ich hier: Maja, deine Stimme ist untragbar.«

Hatte ich mich eben verhört? Anstatt mich über diese unglaubliche Aussage aufzuregen, brach ich in schallendes Gelächter aus. Bernadette sah mich irritiert an. Nachdem ich mich wieder halbwegs gefangen hatte, stand ich auf und wies ihr mit der Hand den Weg zur Tür.

»Meine verehrte Bernadette, du sprichst hier nicht mit irgendjemandem, sondern mit der seit vielen Jahren unumstrittenen Altsolistin des Neustifter Kirchenchores, hast du das vergessen?«

Diese impertinente Person bewegte sich nicht aus ihrem Sessel und legte tatsächlich nach: »Das ist genau der Punkt, Maja. Die menschliche Stimme unterliegt nun mal einem natürlichen Verschleiß. Man muss wissen, wann man aufhören sollte.«

Jetzt reichte es aber! Mein Gesicht nahm infolge der hochsteigenden Zornesröte einen so bedrohlichen Ausdruck an, dass Bernadette abrupt von ihrem Sessel aufsprang und auf dem schnellsten Weg meine Wohnung verließ.

War das die Möglichkeit! Ich konnte mich nicht erinnern, wann man sich mir gegenüber das letzte Mal so respektlos verhalten hatte. Regelrecht schockiert kippte ich erst einmal einen großen Grappa hinunter, bevor ich zum Telefon ging und mir bei Lilli, Thea, Ullrich, Heribert und noch zig weiteren Chormitgliedern Rückendeckung gegen diese beispiellos unverschämte Person holte.

Einige Stunden später hatte ich mich wieder halbwegs beruhigt, meine Chorkollegen hatten mir allesamt versichert, dass sie voll und ganz auf meiner Seite stünden. Thea hatte sogar angeboten, eine Unterschriftensammlung gegen Bernadette zu initiieren, was ich jedoch ablehnte. Dies war meine persönliche Fehde mit Frau Professor Sieger, ich wollte den Kampf gegen sie allein führen und meine treuen Freunde so gut es ging aus der Sache heraushalten, nur war mir deren moralische Unterstützung natürlich sehr wichtig. Ob der Thurgau tatsächlich gewollt hatte, dass Bernadette mich dazu aufforderte, den Chor zu verlassen? Nein, das traute ich ihm doch nicht zu. Er hoffte wahrscheinlich lediglich, sie würde mich dazu bringen, etwas leiser zu singen, aber der Schuss ging nach hinten los, da konnten er und das intrigante Schmalspurstimmchen sich schon mal warm anziehen.

Während ich noch überlegte, ob ich mit Herrn Thurgau offen über die Sache sprechen sollte, klingelte es an der Haustür. Ich drückte den Türöffner und sah Kommissar Scheffel keuchend seinen schweren Körper die Treppe hochhieven, sein sportlicher Kollege Herrmanns kam mit federndem Gang hinterher.

»Ich wollte vorher anrufen, aber bei Ihnen ist ja immer belegt«, warf er mir statt einer Begrüßung entgegen.

Die Herren setzten sich ins Wohnzimmer, ich servierte zwei Gläser Mineralwasser.

»Selbstgemacht?«, fragte Kommissar Scheffel mit Blick auf meinen Adventskranz.

»Sieht er so aus?«, fragte ich irritiert zurück.

Der Kommissar blieb mir die Antwort schuldig und legte stattdessen seine Stenorette auf den Tisch.

»Frau Kuckuck«, begann er schließlich, »Sie wissen natürlich, warum wir hier sind. Wir möchten auch von Ihnen eine möglichst genaue Schilderung hören, wie Sie den gestrigen Abend erlebt haben.«

»Den ganzen Abend?«, hakte ich ungläubig nach.

»Das kommt darauf an«, meinte Kommissar Scheffel hintergründig. »Hat sich Herr Würmtaler vielleicht in irgendeiner Art und Weise vor der Chorprobe bei Ihnen angekündigt?«

»Nein, hat er nicht.« Mit dieser Frage hatte ich gerechnet. »Und um es gleich vorweg zu nehmen, es ist richtig, was Ihnen Ruth erzählt hat. Ich hatte vor etwa vierzig Jahren eine kurze Liebelei mit Herrn Würmtaler, aber seitdem hatten wir keinerlei Kontakt mehr, Sie verstehen, null Komma null!«

Kommissar Scheffel kratzte sich nachdenklich am Kopf, schien mir aber zu glauben.

»Wo haben Sie und Herr Würmtaler sich damals kennengelernt?«, mischte sich Kommissar Herrmanns plötzlich ein. »Er war schließlich gar nicht aus Freising.«

»Nicht?«, fragte ich überrascht, während ich mich gleichzeitig ärgerte, dass dieser Herrmanns nun doch in den alten Geschichten herumstocherte.

»Er war aus Wippenhausen, wissen Sie das nicht mehr?«

»Jetzt, wo Sie's sagen, aber das ist doch nur fünf Kilometer weg.«

Kommissar Herrmanns schaute mich auf eine Weise an, die mir nicht behagte. Seine spitze Nase kam mir vor wie eine Waffe, die er auf mich gerichtet hatte. »Mit Ihrem Erinnerungsvermögen steht es offenbar nicht zum Besten«, stellte er frech fest. »Führen oder führten Sie so etwas wie ein Tagebuch?«

»Über Männergeschichten? Sie haben vielleicht Vorstellungen!« Der Kerl ging mir langsam etwas zu weit.

»Frau Kuckuck«, erlöste mich Kommissar Scheffel aus den Fängen seines Kollegen, »hatte Herr Würmtaler Ihrer Meinung nach noch zu jemandem Blickkontakt aufgenommen oder nach jemandem gesucht, bevor er zusammengebrochen ist?«

»Nein, er ist gleich nach vorne gekippt und auf den Boden gestürzt«, erklärte ich mit Bestimmtheit.

Die Enttäuschung stand Kommissar Scheffel ins Gesicht geschrieben, seine Ermittlungen schienen nicht voranzugehen. So verabschiedeten sich die Herren wieder und zogen mit unzufriedenen Mienen ab.

4.

Es war in der Tat sehr rätselhaft, warum der schöne Rudi seine letzten Minuten ausgerechnet zu Füßen des Neustifter Kirchenchores hatte verleben wollen. Er schien zu keinem Mitglied des Chores eine besondere Verbindung gehabt zu haben, außer dass die eine oder andere Hausfrau gelegentlich in seiner Metzgerei eingekauft hatte. Und warum hatte man überhaupt auf einen älteren, harmlosen Metzgermeister geschossen? Obwohl ich keinen persönlichen Kontakt mehr zu ihm hatte, war ich mir sicher, dass ich bestimmt von größeren Skandalen oder geschäftlichen Problemen gehört hätte, wenn es sie denn gegeben hätte. Freising war diesbezüglich ein Dorf, und meine Weinstube war schon immer ein guter Umschlagplatz für die verschiedensten Gerüchte aus allen Stadtteilen gewesen. Na gut, von Rudis Affäre mit der dicken Verkäuferin hatte ich vorher auch nichts gewusst, andererseits wäre ich auch nie an einem Tisch stehen geblieben, an dem gerade über Weibergeschichten von Rudi Würmtaler debattiert wurde, das Thema hatte mich einfach nicht mehr interessiert. Ob ihn seine Frau aus Eifersucht erschossen hatte? Aber warum ausgerechnet hier in Neustift vor dem Landratsamt? Und warum ausgerechnet jetzt? Seine außereheliche Affäre lief doch angeblich schon eine ganze Weile. Wie viele Kinder hatten die Würmtalers eigentlich? Zumindest einen erwachsenen Nachkommen musste es geben, wenn seine Frau bereits bei der Hochzeit schwanger gewesen war. Wie auch immer, am Montag würde die Nachricht von Rudis Tod in der Zeitung stehen, spätestens dann würde die Familie Würmtaler zum Stadtgespräch werden und die Gerüchte und Spekulationen würden nur so aus dem Boden schießen.

Unschlüssig drehte ich meinen neuen Adventskranz auf dem Wohnzimmertisch herum, weil ich nicht sicher war, wie er am besten zur Geltung kam. Eine leichte Unruhe machte sich in mir breit. Die zwölf Sorten Plätzchen von Ruth Scheffel setzten mir doch sehr zu. Normalerweise stellte ich mich kurz vor Heiligabend einen Nachmittag lang in die Küche und machte mehrere Bleche mit Vanillekipferl, die einzigen Plätzchen, die meine Tochter Viola mochte. Sie hatte schon als Kind alle anderen Sorten liegen lassen, bis ich mich eines Tages fragte, warum ich mir die Arbeit mit den anderen Sorten nicht gleich ersparte. Meine Enkelkinder kannten es nicht anders, sie schienen mit einer Sorte Plätzchen ebenfalls zufrieden zu sein. Und mein Schwiegersohn Salvatore stand seit jeher allen Produkten skeptisch gegenüber, die aus meiner Küche kamen. Ich glaube nicht, dass er jemals auch nur eines meiner Vanillekipferl probiert hatte. Er brachte sich immer mehrere Panettone aus Italien mit, an denen er sich über die Feiertage schadlos hielt. Aber dieses Jahr war alles anders. Nein, es half nichts. Wenn ich vor Violas Schwiegermutter als traditionsbewusste und möglichst perfekte Hausfrau dastehen wollte, musste ich mich schleunigst auf die Hinterbeine stellen.

Ich warf meinen dunkelblauen Wintermantel über, schlüpfte in die dazu passenden dunkelblauen Stilettos und fuhr mit meinem Minivan zum nächsten Supermarkt. Dort lud ich gefühlte zwanzig Kilo Mehl in den Einkaufswagen, zig Packungen Zucker, tütenweise gemahlene Mandeln und Haselnüsse, diverse Schoko- und Zuckerglasuren, verschiedene Sorten Marmelade, mehrere Kilo Butter und allerhand weitere Backzutaten wie gemahlene Nelken, Zimt und Kardamom. Kurz bevor ich in der Kassenschlange an die Reihe kam, fiel mir ein, dass ich die Eier vergessen hatte, also drehte ich wieder um und stapfte genervt zurück. Zwei jüngere Frauen vom Typ aufgebrezelte Vorstadt-Sekretärin blockierten gerade den Zugang zum Regal mit den Eiern, sie unterhielten sich angeregt und bemerkten nicht, dass ich mit meinem übervollen Wagen an ihnen vorbei wollte. Mir lag das Wort »Pardon« schon auf den Lippen, als der Name Würmtaler an mein Ohr drang. Sofort heuchelte ich Interesse für die haltbaren Milchprodukte, die neben den Eiern standen, und sperrte meine Lauscher weit auf.

»Seine Geliebte wird sich einen neuen Arbeitsplatz suchen müssen, die wird mit Sicherheit rausgeschmissen.«

»Das glaube ich auch, jetzt wird sich die Chefin an Beate rächen.«

»Ach was, die Würmtaler war doch froh, dass sie ihre Ruhe vor dem Alten gehabt hat. Für die ist nur das Geld erotisch, sonst nix. Aber der Alex hat sich immer über Beates unästhetische Erscheinung aufgeregt, ich meine damals, als ich noch mit ihm zusammen war. Er war der Ansicht, sie sei geschäftsschädigend. Und jetzt, wo er ja wohl der Chef ist, wird er kurzen Prozess mit ihr machen, da gehe ich jede Wette ein.«

»Bist du eigentlich noch sauer auf ihn, das war doch ziemlich gemein, wie er dich damals abserviert hat.«

»Pah, so gut, wie er denkt, sieht er auch nicht aus!«

Die Frauen bewegten sich langsam in Richtung Kasse vor, ich lud fünf Schachteln Eier auf meinen übervollen Einkaufswagen und versuchte, wieder Anschluss zu bekommen, aber das Duo hatte sich in der Zwischenzeit getrennt. Eine der beiden Frauen stand allein an der Kasse, die andere war verschwunden.

Der schöne Rudi hatte also einen Sohn namens Alex, der allem Anschein nach in puncto Frauen ganz nach seinem Vater kam. Dass die jetzige Generation ihren schönen Alex hatte, amüsierte mich.

Als ich wieder zu Hause war, musste ich mehrmals zwischen Auto und Wohnung hin- und herlaufen, bis ich die schweren Backzutaten nach oben geschleppt hatte. Ich räumte die Waren nicht in meine Speisekammer ein, sondern lud die vielen Päckchen und Tüten aus psychologischen Gründen gleich auf dem Küchentisch ab, um Druck auf mich auszuüben. Eine unaufgeräumte Küche störte mich ungemein, ich musste also backen, damit es wieder gemütlich wurde.

Hoch motiviert band ich meine Küchenschürze um und verknetete hundert Gramm gemahlene Mandeln, zweihundertachtzig Gramm Mehl, zweihundertzehn Gramm zimmerwarme Butter und siebzig Gramm Vanillezucker. Vier Wochen früher als sonst formte ich geduldig meine Vanillekipferl und schob sie bei hundertneunzig Grad für zehn Minuten ins Rohr. Anschließend verbrannte ich mir wie immer die Finger, als ich die noch heißen Kipferl in Puderzucker wälzte.

Mit starken Kreuzschmerzen ging ich um Viertel vor acht hinunter in die Weinstube. Das lange, gebückte Stehen beim Formen der Plätzchen hatte meinem Rücken nicht gut getan, ich hoffte auf einen ruhigen Abend.

»Ta-ra-ta-taaa!«, ertönte ein gesungener Tusch, als ich die Tür zum Gastraum öffnete. Das Licht war gedämpft, alle Tische waren liebevoll mit einem Gesteck aus Tannenzweigen, Zimtstangen, Walnüssen und getrockneten Orangenscheiben geschmückt, in der Mitte des Tischschmucks verbreitete eine flackernde orangefarbene Kerze ihren warmen Schein.

»Gefällt's dir?«, fragte Andreas stolz. An seiner Seite stand eine junge Frau, die gespannt auf meine Reaktion wartete.

»Es ist wunderschön, Andreas, das hätte ich dir gar nicht zugetraut«, sagte ich ehrlich. Es war das erste Mal, dass ich eine Dekoration von Andreas gelungen fand. Normalerweise musste ich an seine futuristischen Kreationen erst einmal Hand anlegen, damit man die außerirdisch anmutenden Gebilde als Tischschmuck erkennen konnte.

»Darf ich vorstellen, das ist meine Freundin Caro, sie hat mir dabei geholfen.«

Andreas wechselte seine Freundinnen so oft wie ich Schuhe kaufte. Mein groß gewachsener, attraktiver und sportlicher Mitarbeiter war bei der holden Weiblichkeit ziemlich gefragt, und ich muss zugeben, dass auch ich auf ihn fliegen würde, wäre ich dreißig Jahre jünger.

Freundlich reichte ich also der neuen Auserwählten die Hand, hegte jedoch kein tiefer gehendes Interesse an ihr. »Vielen Dank, das haben Sie sehr gut hingekriegt«, lobte ich sie kurz.

»Caro lernt Floristin beim Schnellberger«, schob Andreas nach.

»Ja dann«, meinte ich beiläufig, während ich die offenen Weißweine im Kühlschrank durchging.

»Beim Schnellberger!« Plötzlich fiel bei mir der Groschen. »Aber die Gärtnerei ist doch im Lerchenfeld genau gegenüber von der Metzgerei Würmtaler!«

Die hübsche Caro sah mich erschrocken an, als hätte ich sie geschimpft.

»Hast du was gegen den Schnellberger?«, fragte Andreas verwundert nach.

»Bitte setzen Sie sich noch einen Augenblick«, bat ich die junge Frau und ging zu ihr hin.

»Haben Sie's denn noch nicht gehört?«, kam ich gleich zum Thema.

»Ich weiß nicht, was Sie meinen.«

Das Mädchen hatte tatsächlich keine Ahnung!

»Der Würmtaler ist erschossen worden. Andreas, hast du das gestern Abend nicht mitbekommen?«, richtete ich mich an meinen Angestellten.

»Ach, der war das? Das ist mir irgendwie entgangen.«

»Der junge oder der alte?«, hakte Caro entsetzt nach.

»Der alte, der Rudi«, klärte ich sie auf. »Hatten die Würmtalers heute kein Schild am Geschäft hängen, wegen Todesfall geschlossen oder irgendetwas in der Art?«

Caro blickte mich mit offenem Mund an, sie schien ein Problem damit zu haben, die Nachricht zu glauben.

»Aber da hab ich heute Vormittag meine Leberkässemmel gekauft!«, rief sie mir wie als Beweis entgegen, dass meine Aussage nicht stimmen konnte.

»Was? Die hatten geöffnet?« Ich war erschüttert. »Wer hat Sie bedient?«, wollte ich sofort wissen.

»Die Chefin persönlich, sie war mit der älteren Verkäuferin allein im Geschäft. Die dicke Beate war nicht da.«

»Ist das zu fassen! Da stirbt ihr Mann, und sie stellt sich in den Laden, dass ihr ja kein Cent vom Umsatz entgeht.« Fassungslos schüttelte ich den Kopf, so etwas hatte ich wirklich noch nicht gehört. Auf einmal tat mir der schöne Rudi fürchterlich leid. Da kam man auf so tragische Weise ums Leben, und die eigene Frau trauerte nicht einmal um einen. Wenigstens der dicken Beate schien sein Tod nahezugehen, oder war sie bereits entlassen worden, so wie es die beiden Frauen im Supermarkt vorhergesagt hatten?

»Die alte Würmtaler ist nur hinterm Geld her, das weiß jeder im Viertel«, bestätigte Caro meine bisherigen Informationen.

»Und der junge, dieser Alex, wissen Sie etwas über sein Verhältnis zum Vater?«

»Der junge ist auch Metzgermeister, manchmal sieht man ihn im Laden. Soweit ich mitbekommen habe, hat er sehr gut mit dem alten zusammengearbeitet, da hängen auch lauter Prämierungen für hausgemachte Wurstsorten an der Wand, aber am besten ist der Leberkäs.«

Das hörte ich nun schon zum wiederholten Male. Irgendwie war es doch schön, wenn man der Nachwelt über den Tod hinaus durch eine außergewöhnliche Leistung in Erinnerung blieb, und sei es auch nur durch Leberkäs.

Die ersten Gäste betraten die Weinstube, Caro verabschiedete sich und versprach Andreas, ihn nach Dienstschluss abzuholen.

Ich ging in den Weinkeller und räumte ein paar Kisten spanischen Rotwein aus, der heute angekommen war. Als ich wieder zurück in die Gaststube kam, sah ich, wie sich Andreas am Tresen mit einem Mann unterhielt, der mir den Rücken zuwandte. Irgendwie kam mir das schmächtige Gestell bekannt vor. Tatsächlich, es war Herr Thurgau. Als ich schließlich vor ihm stand, streckte er mir mit finsterer Miene die Hand entgegen und meinte:

»Frau Kuckuck, die Lage ist ernst.«

Andreas grinste, er hatte schon viele Auseinandersetzungen zwischen mir und Herrn Thurgau miterlebt.

»Soll ich ein Wasser bringen, mit wenig Kohlensäure und natürlich Zimmertemperatur?«, fragte er fast ein bisschen zu frech.

»Ja bitte, und mir ein frisch Gezapftes, aber prickelnd und kalt«, orderte ich, dann setzte ich mich mit Herrn Thurgau in eine ruhige Ecke.

»Es geht natürlich um Bernadette Sieger, stimmt's oder habe ich recht?«, nahm ich Herrn Thurgau gleich den Wind aus den Segeln.

Herr Thurgau machte ein schmerzverzerrtes Gesicht. »Sie hat mich vorhin angerufen und gesagt, dass sie aus dem Chor austreten will.«

Na, dann war doch alles in bester Ordnung!

»Ich will aber nicht, dass sie geht. Frau Kuckuck, bitte tun Sie mir das nicht an! Sie geht Ihretwegen, das wissen Sie genau.«

Ha! Spiel, Satz und Sieg. Wo blieb denn nun mein Pils, um darauf einen Schluck zu trinken!

»Frau Kuckuck, hören Sie mir überhaupt zu?«

»Selbstverständlich, Herr Thurgau, selbstverständlich.« Huch, hoffentlich klang das nicht zu freudig.

Endlich kam Andreas mit den Getränken. Ich ließ mir den kühlen Gerstensaft auf einen Zug wohlig die Kehle hinunterlaufen. Wenn das kein Grund zum Feiern war!

Herr Thurgau sah mich an, als käme ich vom anderen Stern. »Frau Kuckuck, also ich muss schon sagen, dass mich Ihr Verhalten etwas irritiert.«

»Wie meinen Sie das, Herr Thurgau?«, fragte ich in heimlicher Bestlaune, während ich mich zurücklehnte und mit einem Wink ein weiteres Pils bei Andreas bestellte.

»Frau Sieger war ein Gewinn für unseren Chor, auch wenn Sie das nicht wahrhaben wollen. Sie hat den Chorklang mit ihrer unverbrauchten Stimme bereichert, und außerdem ist sie ein sehr warmherziger Mensch.«

»Oh ja, ich durfte auch eine Kostprobe ihrer Warmherzigkeit erfahren.«

Der Mann litt richtig, so viel stand fest, aber ich konnte ihm nicht helfen. Deprimiert drehte er sein Glas Wasser, als würde er ein Uhrwerk aufziehen.

»Wir müssen eine Lösung finden, Frau Kuckuck, und zwar bevor es zu spät ist.«

»Eine Lösung wofür?« Ich verstand kein Wort.

Herr Thurgau drehte sein Wasserglas noch schneller. »Frau Kuckuck, ich sage es jetzt einfach frei heraus: Sie waren jahrelang ein sehr verdientes Chormitglied, und ich wusste Ihr Engagement immer zu schätzen, aber ...«

»Aber was?« Langsam ging mir dieses Lamento auf die Nerven, es war doch endlich wieder alles in Butter!

Herr Thurgau holte tief Luft, dann sagte er mit fester Stimme: »Frau Kuckuck, es wäre mir lieber, wenn Sie statt Frau Sieger gingen.«

Die Anzeichen waren überdeutlich, Herr Thurgau hatte den Verstand verloren.

Obwohl er offensichtlich nicht mehr Herr seiner Sinne war, hielt ich es für besser, ihn mit der Wirklichkeit zu konfrontieren.

»Herr Thurgau, selbstverständlich gehe ich nicht«, sagte ich so ruhig wie möglich, um das Durcheinander in seinem Kopf nicht noch zu vergrößern. Diese fürchterliche Person hatte dem armen Kerl so zugesetzt, dass er nicht mehr wusste, wo oben und unten war. Er blickte mich flehend an.

»Herr Thurgau, alles wird gut. Wir werden wieder eine harmonische Chorgemeinschaft sein, so wie es früher war, und Sie werden sich auch in den nächsten zwanzig Jahren hundertprozentig auf meinen vollen stimmlichen Einsatz verlassen können.«

Nein, er sah wirklich nicht gut aus.

»Soll ich Ihnen ein Taxi rufen, vielleicht möchten Sie heute lieber nicht mehr zu Fuß nach Hause gehen?«

Keine Antwort. Konnte man nur hoffen, dass sich diese Anwandlung von Verwirrtheit wieder legen würde. Ich bestellte Herrn Thurgau ein Taxi und brachte ihn fürsorglich zur Tür. Anschließend feierte ich meinen Sieg über Frau Sieger in einem netten Kreis von Stammgästen mit einem ausgezeichneten Bordeaux.

5.

Am Montagmorgen holte ich die Zeitung nach oben und machte es mir mitsamt Kaffee im Wohnzimmer bequem. In der Küche konnte man nicht frühstücken, da mein Küchentisch mit einem Berg aus Backzutaten belegt war. Leider hatte sich dieser chaotische Zustand am gestrigen ersten Adventssonntag nicht verbessert, weil mich meine Freundin Lilli zu Glühwein und acht verschiedenen Sorten Plätzchen eingeladen hatte. Maja, werd jetzt nicht nervös, sagte ich mir, du hast noch dreieinhalb Wochen Zeit. Der Besuch bei Lilli hatte mir außerdem verdeutlicht, dass ich in puncto Weihnachtsbeleuchtung gewaltig nachrüsten musste. Die einfache Lichterkette, die ich wie jedes Jahr über den Eingang der Weinstube drapiert hatte, machte verglichen mit der aufwendigen Illumination der Nachbarschaft einen sehr erbärmlichen Eindruck. Selbst Lillis Mann Robert hatte sich heuer erstmalig erweichen lassen, an allen Fenstern im ersten Stock leuchtende Sterne zu installieren. Gleich nach dem Frühstück wollte ich zum Baumarkt fahren und ein paar richtige Hingucker erwerben.

Ich schenkte mir Kaffee ein und blätterte im Freisinger Tagblatt gespannt zu den Todesanzeigen vor. Was war das denn für ein mickriger Kasten, in dem die Familie den Tod vom schönen Rudi bekannt gab, knauseriger ging's nicht. Unter normalen Umständen hätte ich die winzige Anzeige mit Sicherheit übersehen.

»Plötzlich und unerwartet hat uns unser lieber Rudolf verlassen«, stand als einziger Satz über dem fett gedruckten Namen Rudi Würmtaler, darunter waren die Namen Helga Würmtaler, Alexander Würmtaler und Rosemarie Würmtaler genannt.

Hatte der schöne Rudi eine Tochter? Darüber hatte ich bisher nichts gehört, doch ich erinnerte mich jetzt dunkel daran, dass es im Hause Würmtaler damals noch eine ältere Schwester gegeben hatte.

Ich blätterte wieder zurück und fand tatsächlich gleich auf der ersten Seite des Lokalteils einen Bericht über den mysteriösen Tod des Rudolf W., auf den am Freitagabend geschossen wurde und der wenig später seiner Schussverletzung erlag. Die zuständige Kripo Erding ging mit großer Wahrscheinlichkeit davon aus, dass der Schuss Rudolf W. auf dem Platz vor dem Landratsamt traf. Es wurden dringend Zeugen gesucht, die Beobachtungen im Zusammenhang mit dem Verbrechen gemacht haben könnten. Kommissar Scheffel schien mit seinen Ermittlungen noch nicht viel weiter gekommen zu sein.

Nach dem dürftigen Frühstück, bei dem ich lediglich ein paar meiner verunglückten Vanillekipferl zum Kaffee gegessen hatte, verspürte ich auf einmal großen Appetit auf eine herzhafte Leberkässemmel. Da der Baumarkt sowieso im Lerchenfeld lag, würde ich auf dem Weg dorthin einen Abstecher in die Metzgerei Würmtaler machen.

In der Erdinger Straße angekommen, suchte ich verzweifelt nach einem Parkplatz, aber alles war dicht. Nachdem ich mehrmals um den Block gefahren war, stellte ich meinen Wagen entnervt auf dem Bürgersteig ab. Der Knöllchentante war es heute bestimmt zu kalt, es roch förmlich nach dem ersten Schnee. Ich stieg aus und stöckelte in Richtung Metzgerei, vor der sich eine kleine Traube aus Frauen verschiedenen Alters gebildet hatte. Die Damen unterhielten sich aufgeregt und zum Teil mit großen Gesten, eine von ihnen deutete immer wieder in Richtung Metzgerei und schüttelte vehement den Kopf, eine andere schlug mehrmals hintereinander die Hände zusammen und rief etwas gen Himmel, eine weitere tippte sich an die Stirn, während sie ununterbrochen redete. Der Tod des Metzgermeisters erregte offensichtlich die Gemüter. Die Frauen bewegten sich schließlich ein paar Schritte zur Seite, da immer wieder Leute beim Geschäft aus- und eingingen.

Ich betrat die Metzgerei und stellte fest, dass der Laden rappelvoll war. Lief es bei Würmtalers immer so gut, oder trieb die Neugierde die Leute ins Geschäft? Nach einem kurzen Orientierungsblick hatte ich das Ende der Warteschlange gefunden und reihte mich ein.

Helga Würmtaler hatte ein sehr tragfähiges Stimmorgan, der ganze Laden hörte zwangsläufig mit, was die Chefin von sich gab: »Das Leben geht weiter, hab ich zu Alexander gesagt, wir können uns nicht in die Ecke setzen und trauern, das bringt doch nichts. Darf's ein bisserl mehr sein, Frau Hasenbeck?«

Ich stellte mich auf Zehenspitzen, um einen besseren Blick auf die anderen Verkäuferinnen zu haben. Neben Frau Würmtaler schnitt eine ältere, grauhaarige Frau ein Stück Fleisch in kleine Würfel, gleichzeitig stimmte sie durch eifriges Kopfnicken allem zu, was ihre Chefin der Kundschaft erzählte. Ein paar Meter weiter links stand die dicke Beate und verrichtete, den Kopf nach unten gesenkt, stumm ihre Arbeit. Sie trug ihr volles blondes Haar zu einem Zopf geflochten, der auf der rechten Seite über die Schulter nach vorn gefallen war. Obwohl ich Beate noch nie zuvor gesehen hatte, fiel mir sofort auf, dass ihre Augenlider unnatürlich geschwollen waren. Die roten Backen der Frau täuschten nicht darüber hinweg, dass sie um die Nase herum sehr blass war. Nachdem sie einer Kundin eine Tüte Hackfleisch über die Theke gereicht und kassiert hatte, drehte sie sich um und schnäuzte sich laut und ausgiebig in ein Papiertaschentuch. Ihre Chefin sah missbilligend zu ihr herüber. Wenigstens Beate schien um den schönen Rudi zu trauern.

Die Menschenschlange bewegte sich weiter nach vorn, eine junge Frau kam bei Beate an die Reihe. »Mein herzliches Beileid, Beate, es ist wirklich furchtbar!«, rief sie laut durch die Metzgerei.

Helga Würmtaler nahm dies ohne mit der Wimper zu zucken zur Kenntnis. Gegen Gefühlsduseleien jeglicher Art war sie offenbar immun. »Wer ist der Nächste?«, fragte sie stattdessen geschäftig. Es war nicht zu überhören, dass sie ob des florierenden Geschäfts gute Laune hatte.

»Ich wollte nur das hier abgeben«, hörte ich plötzlich eine

Stimme, die mir bekannt vorkam. Helga Würmtaler nahm verwundert einen Brief entgegen, der ihr über die Theke gereicht wurde. Die Überbringerin des Briefes bahnte sich wieder einen Weg zurück zum Ausgang des Geschäfts, da stand sie plötzlich vor mir: Es war Bernadette Sieger.

Ich war so perplex, dass ich kein Wort sagen konnte. Bernadette starrte mich ebenfalls an, ging aber nach einer kurzen Schrecksekunde einfach weiter zur Tür. Was war denn das? Ich hatte nicht den Eindruck gehabt, dass Helga Würmtaler Bernadette kannte, sie hätte sie sonst gewiss mit Namen angesprochen. Ob es sich bei dem ominösen Brief, den sie persönlich überbrachte, um einen Kondolenzbrief handelte? Womöglich hatte Frau Professor Sieger das Schreiben gleich im Namen des gesamten Chors verfasst, das würde ihr ähnlich sehen. Aber sie wollte doch aus dem Chor austreten? Oder war dies nur eine Drohung, damit Herr Thurgau mich aus dem Chor warf? Nun gut, den Thurgau konnte sie vielleicht nach ihrem Gusto manipulieren, aber an mir würde sie sich die Zähne ausbeißen!

Die Schlange vor mir verkürzte sich, ich sah mich noch ein wenig in dem Laden um. Caro hatte recht, auffällig viele Auszeichnungen für hausgemachte Wurstspezialitäten zierten die weiß getünchten Wände, dazwischen hing eine Tafel, auf der stand, dass das Fleisch in dieser Woche vom Bittlmaier-Hof in Nörting käme. Seit BSE und anderen Fleischskandalen legten auch die Freisinger Kunden besonderen Wert auf die regionale Herkunft ihrer Kost.

Eh ich mich versah, stand ich vor der verheulten Beate, die jedoch keinen Ton sagte, sondern stumm auf meine Bestellung wartete.

»Eine warme Leberkässemmel bitte«, verlangte ich freundlich. Sie machte die Brotzeit zurecht und nahm die ein Euro achtundzwanzig entgegen, ohne dass sie mich dabei ansah. Ich schielte kurz nach beiden Seiten, ob ich es tatsächlich wagen konnte, dann flüsterte ich schnell: »Ich war auch mit ihm zusammen.«

Beate riss entsetzt den Kopf nach oben.

»Vor vierzig Jahren«, lieferte ich nach, um sie zu beruhigen. Leider kam in dem Moment eine ältere Kundin gefährlich nahe an mich heran, sodass keine weitere private Unterhaltung mit Beate möglich war. Trotzdem warf mir Beate einen verschwörerischen Blick zu, als hätte sie gern mit mir über Rudi gesprochen. Hastig wühlte ich in meiner Handtasche nach einer Visitenkarte der Weinstube, die ich ihr über den Tresen reichte. Aus dem Augenwinkel heraus hatte ich den Verdacht, dass Helga Würmtaler diese Aktion nicht entgangen war. Ich verabschiedete mich möglichst gleichgültig und ging zurück zu meinem Auto. Im Wagen sitzend packte ich sofort die warme Leberkässemmel aus und biss herzhaft hinein. Ja, doch, daran war nichts auszusetzen. Wobei dieser Leberkäs natürlich von Rudis Sohn gemacht wurde, aber immerhin nach Rudis Rezept.

Frisch gestärkt fuhr ich weiter zum Baumarkt und ließ allerlei beleuchtete Sterne, Nikoläuse, Tannenbäume und sonstige weihnachtliche Motive auf mich wirken. Die Auswahl überforderte mich, sollte ich mich für blinkende Varianten entscheiden oder für Sterne, die abwechselnd in drei Farben leuchteten? Oder doch lieber etwas ruhigeres Klassisches? Da entdeckte ich einen etwa acht Meter langen sechsspännigen Rentierschlitten, bei dem die mit hellgelben Glühlämpchen bestückten Rentiere unaufhörlich mit dem Kopf nickten und die bunten Lichter des Schlittens in wechselnden Farben im Kreis zu laufen schienen. Das ungemein wirkungsvolle Stück war offenbar ein Ladenhüter, da man den ursprünglich horrenden Preis bereits zweimal reduziert hatte. Glück muss man haben, sagte ich mir, wenn das kein Schnäppchen war! Ob Lillis Mann Robert das Ding gleich heute installieren konnte? Bestimmt, Lehrer hatten doch nachmittags nichts zu tun. Bestens gelaunt ließ ich mir das eindrucksvolle Leuchtwerk in einem riesigen Karton verpackt von einem Mitarbeiter des Baumarkts in meinen Minivan verladen und fuhr damit nach Hause.

»Also Maja, das wird schwierig heute Nachmittag«, meinte Lilli am Telefon, »Robert kommt erst in einer Stunde nach Hause, und dann sitzt er gewöhnlich ein paar Stunden hinterm Schreibtisch, da ist es längst dunkel, bis er fertig wird.«

War das zu glauben? Die Sache klang mir eher nach einer faulen Ausrede, vielleicht hatte die Familie heute Nachmittag bereits etwas vor. Da fielen mir meine beiden faulen Studenten aus der Weinstube ein, die ich eigentlich an diesem Abend entlassen wollte. Nach kurzer Überlegung beschloss ich, ihnen noch eine letzte Chance zu geben und beauftragte sie telefonisch mit der Installierung meiner Luxus-Beleuchtung. Wenn sie den Rentierschlitten bis zum Abend ordentlich an meiner Hausfassade anbringen und mit Strom versorgen würden, würde ich noch einmal ein Auge zudrücken. Vielleicht waren die beiden wenigstens für solche Dinge zu gebrauchen.

Um halb fünf Uhr klingelte es an meiner Wohnungstür, die Studenten teilten mir stolz mit, dass sie mit ihrem Werk fertig waren. Neugierig ging ich hinunter auf die Straße und besah mir das strahlende Ergebnis in der Dämmerung. Ich war mehr als zufrieden, so eine Fassade musste man auch in Verona lange suchen, da war ich mir sicher.

»Ja samma jetzt in Las Vegas?«, rief ein älterer Mann im Vorbeigehen. Wenn das kein Kompliment war!

6.

Gegen sieben Uhr begann es zu schneien, binnen kurzer Zeit war Freising weiß überzuckert und bot das Bild einer wunderschönen, romantischen Winterlandschaft. Natürlich machte ich vor Öffnung der Weinstube noch einen Gang nach draußen, um mich an meiner neuen Weihnachtsbeleuchtung zu erfreuen. Meine Enkelkinder würden begeistert sein.

Ich ging wieder hinein und zündete die Kerzen auf den Tischen an, eine feierliche Stimmung erfüllte die Weinstube. Die Tür ging auf, Andreas kam mit glitzernden Schneeflöckchen auf seiner Jacke und auf den dunklen Haaren zur Arbeit.

»Maja, du bist echt crazy«, bemerkte er verschmitzt zur Begrüßung.

»Kannst du nicht Deutsch mit mir reden?«, fragte ich nach, weil ich nicht genau wusste, was er damit meinte. Statt einer Antwort kicherte er jedoch nur in sich hinein.

»Heutzutage muss man Gästen wie Passanten etwas bieten«, verteidigte ich sicherheitshalber meine Investition. »Die Studenten haben das Prachtstück aufgehängt. Wir sollten die beiden mindestens so lange behalten, bis das Ding wieder runter muss, damit kennen sie sich offenbar aus.«

Nach und nach füllte sich die Weinstube. Der erste Schnee schien sich positiv auf die Gemüter auszuwirken, die Gäste kamen alle mit einem breiten Grinsen in mein Lokal.

»Da haben Sie wohl keine Kosten und Mühen gescheut, Frau Kuckuck«, klopfte mir ein Stammgast anerkennend auf die Schulter. Wurde auch Zeit, dass endlich jemand meine spektakuläre Außendekoration lobte.

Obwohl das Lokal gut besucht war, verlief der Abend relativ ruhig. Ich machte gerade ein paar Snacks in der Küche zurecht, als Andreas hereinkam und fragte, ob ich heute Morgen einer beleibteren Frau meine Visitenkarte gegeben hätte, sie würde draußen in der Gaststube auf mich warten. Das musste Beate sein. Schnell belegte ich eine Käseplatte fertig und ging zurück in den Gastraum.

»Sie sitzt da hinten«, informierte mich Andreas mit einer Kopfbewegung in Richtung Nischentisch. Ich ging zu ihr.

»Guten Abend, Beate«, begrüßte ich sie. »Ich darf doch Beate zu Ihnen sagen?«

»Warum nicht, ich heiße so.«

»Und ich bin Maja«, stellte ich mich vor. Beate machte einen freundlichen, aber eher einfältigen Eindruck. »Ich habe Ihnen heute meine Karte gegeben, weil Sie mir sympathisch waren. Wenigstens Ihnen war anzusehen, dass Rudis Tod Sie berührt hat.«

Beate schossen erneut die Tränen in die Augen.

»Darf ich Sie auf ein Gläschen Wein einladen?«, fragte ich vorsichtig, um sie etwas aufzumuntern.

»Bier ist mir lieber«, teilte sie noch kurz mit, bevor sie heftig anfing zu schluchzen.

Ich zapfte zwei frische Pils und setzte mich wieder zu Beate.

»Auf den schönen Rudi!«, rief ich und hob mein Glas. Beate unterbrach ihren Weinkrampf, stieß mit mir an und leerte das Pilsglas in einem langen Zug, dann zog sie ein frisches Papiertaschentuch aus ihrer Jackentasche und heulte weiter.

»Beate«, fing ich an, um das Gespräch in Gang zu bringen, »ich war natürlich erschüttert, als Rudi plötzlich zu uns in den Probenraum gekommen und quasi vor meinen Füßen gestorben ist.«

»Sie waren dabei?«, fragte Beate, bevor sie ihr ohnehin schon lautes Schluchzen noch um mehrere Dezibel steigerte.

Nein, das ging nicht, einige Leute sahen bereits befremdlich zu uns herüber. »Kommen Sie mit, Beate, lassen Sie uns in der Küche weiterreden«, griff ich ein, bevor sich irgendwelche Gäste einmischten, was denn hier los sei. Beate folgte mir schniefend und in gebückter Haltung in die Küche, dort ließen wir uns am Küchentisch nieder.

»Wie alt sind Sie, Beate?«, fragte ich geradeheraus.

»Siebenundzwanzig«, antwortete sie knapp. Der kurze Fußmarsch in die Küche hatte ihr Gemüt etwas beruhigt, sie hörte endlich auf zu heulen.

»Ich war auch mal mit Rudi zusammen, aber da waren Sie noch gar nicht geboren. Es war vor seiner Heirat mit Ihrer Chefin.« Diese Information war ich Beate schuldig, wenn sie ihre Karten auf den Tisch legen sollte.

»Die Chefin soll früher eine richtige Schönheit gewesen sein, stimmt das?«, fragte sie unsicher.

»Keine Ahnung, ich habe sie damals nicht gekannt. Heute ist das allerdings schwer vorstellbar.« Als ich Helga Würmtaler in der Metzgerei gesehen hatte, erinnerte sie mich eher an eine gestrenge Gouvernante mit ihrer altmodischen Dauerwelle und der rot umrandeten Hornbrille.

»Die Chefin war nicht nett zu Rudi. Wenn er mich nicht gehabt hätte, wäre sein Leben so traurig gewesen …«

Oh nein, die Schluchznummer ging in die nächste Runde. Ich rief zu Andreas nach draußen, dass er uns noch zwei Pils bringen solle.

»Und was ist mit seinen Kindern, waren die auch nicht nett zu ihm?«, erkundigte ich mich.

»Wieso Kinder, er hat doch nur den Alex«, klärte sie mich auf. »Der Alex war schon nett zu Rudi, aber dafür kann der Alex mich nicht leiden.«

Das Geheule zehrte langsam an meiner Geduld, aber immerhin spuckte Beate endlich einige Informationen aus. Auch das zweite Pils goss sie sich auf einen Zug in den Rachen.

»Und wer ist Rosemarie Würmtaler?«, fragte ich gespannt.

»Das ist Rudis Schwester. Sie wohnt in Wippenhausen. Er hat sie mindestens einmal in der Woche besucht.«

Mein Gedächtnis ließ mich also noch nicht im Stich. »Und wie ist die so?«

»Ich kenne sie nicht persönlich, aber ich glaube, die ist ein bisschen gaga, wenn Sie verstehen, was ich meine.«

Beate wedelte mit der flachen Hand vor ihrer Stirn hin und her.

»Wie kommen Sie darauf, wenn Sie Rosemarie gar nicht kennen?«

»Weil der Rudi immer gesagt hat, dass er bei ihr beten muss.«

»Beten? Aber warum durfte Rudi denn nicht beten, wann und wo er wollte?«

»Weil …«

Bitte nicht schon wieder! Beate holte zum großen Finale aus und legte ein Gejaule hin, dass es mir die Zehennägel aufrollte.

»Die hört man bis raus«, zischte Andreas kurz durch den Türspalt. Schnell schob ich Beate mein noch unberührtes Pils hin, um sie ruhig zu stellen. Der Plan ging auf, die kurze Ruhepause tat meinen Ohren gut.

»Der Rudi war ja so krank«, schluchzte sie in halbwegs erträglicher Lautstärke.

»Krank? Was hatte er denn?«

»Ich weiß es nicht, aber er hat es immer gesagt.« Beate öffnete eine frische Packung Papiertaschentücher und schnäuzte sich laut und ergiebig. »Und dann hat er diese komischen Anrufe gekriegt, da war immer eine Frau dran, ich hab selbst ein paarmal abgenommen. Nach diesen Anrufen ging es ihm meistens so schlecht, dass er sich im Hinterzimmer kurz hinlegen musste.«

»Ach, und Sie wissen nicht zufällig, was diese Frau von Rudi wollte?« Jetzt wurde es spannend.

»Nein«, sagte sie kurz, »er ist mit dem Telefon immer gleich nach hinten gegangen.«

Ich beugte mich ein wenig zu ihr vor. »Beate, haben Sie eine Ahnung, wer auf Rudi geschossen haben könnte?«

Sie schüttelte den Kopf. »Das fragen mich heute alle, aber ich weiß es wirklich nicht.«

»Wen meinen Sie mit ›alle‹?«

»Na, die Polizei und diese Frau vorhin.«

»Welche Frau?« Ich wurde hellhörig.

»Die Frau, die nach der Arbeit vor der Metzgerei auf mich gewartet hat.«

»Haben Sie die Frau vorher schon mal gesehen?«

»Ja, heute Vormittag hat sie einen Brief bei Frau Würmtaler abgegeben.«

Unglaublich! Bernadette Sieger ermittelte doch tatsächlich auf eigene Faust im Mordfall Würmtaler! Diese Nachricht musste ich erst einmal sacken lassen, bevor ich wieder klar denken konnte. Was ging Bernadette Sieger der Tod meines Exfreundes an? Was schnüffelte sie im Leben von Rudi Würmtaler herum? Sie wohnte wie fast alle Chormitglieder im Stadtteil Neustift, also war es auch mehr als unwahrscheinlich, dass sie regelmäßig in der Metzgerei Würmtaler eingekauft hatte. Noch dazu, wo sie doch erst seit drei Monaten wieder in Freising lebte. Ob sie die Würmtalers aus ihrer Kindheit oder Jugend kannte? Vielleicht hatte sie Kontakt zu Alex Würmtaler? Ich schätzte Bernadette auf Anfang dreißig, Alex musste wenige Jahre älter sein. Bernadette hatte einmal erzählt, dass sie am Dom-Gymnasium gewesen war. Da dürfte ihr Alex allerdings nicht begegnet sein, als Metzgermeister würde er aufs Abitur verzichtet haben.

»Beate, hat Alex Würmtaler eine Frau oder Freundin?«, fragte ich neugierig.

Sie verzog missbilligend den Mund. »Der Alex hat jede Woche eine neue Freundin, der weiß überhaupt nicht, was Liebe ist!«

Die Abneigung zwischen den beiden beruhte wohl auf Gegenseitigkeit.

»Der Rudi wollte immer, dass der Alex endlich ein nettes Mädel heiratet, weil er so gerne Enkelkinder gehabt hätte«, fuhr sie fort, »aber diese aufgetakelten Discomiezen würden sich sowieso niemals in eine Metzgerei stellen. Und jetzt ist er gestorben, obwohl er noch gar keine Enkelkinder gehabt hat …« Der Schmerz übermannte sie erneut.

»Wie wird es denn nun beruflich mit Ihnen weitergehen, Beate?«, fragte ich vorsichtig.

»Die Chefin hat gesagt, so lange ich anständig arbeite, kann ich bleiben. Es hat sie nie gestört, dass ich und Rudi …«

Ich stand auf, weil ich für heute genug Geheule gehört hatte.

»Beate, ich muss jetzt wieder raus in die Weinstube und mich um die Gäste kümmern. Sie können hier sitzen bleiben, bis es Ihnen besser geht. Und wenn Sie jemanden brauchen, der mit Ihnen über Rudi spricht, können Sie natürlich jederzeit bei mir vorbeikommen.«

Sie nickte stumm.

»Und falls die Frau von heute Abend wieder bei Ihnen auftauchen sollte, dann setzen Sie sich bitte sofort mit mir in Verbindung. Wollen Sie noch ein Pils?«

»Nix dagegen«, knurrte sie kurz.

Ich ging wieder in den Gastraum und machte mich an die Arbeit, meine Gedanken kreisten jedoch um Bernadette Siegers merkwürdiges Verhalten. Was auch immer diese Frau im Schilde führte, ich würde es herausbekommen.

7.

Am Dienstagmorgen wich ich bereits das dritte Mal zum Frühstücken ins Wohnzimmer aus. Ich musste mich zum Essen und Kaffeetrinken an die vorderste Kante des Sofas setzen, um mit den Händen den Tisch zu erreichen, ein gemütliches Anlehnen war natürlich unmöglich. Nein, das war kein Zustand. Ab jetzt wird täglich eine Sorte Plätzchen gebacken, sagte ich mir streng, ohne Wenn und Aber. Es war wie ein Wink des Schicksals, dass ich in der Zeitung ein Backrezept eines Freisinger Bäckers fand, das angeblich immer gelang und jedermann schmeckte. Was mir allerdings in meiner Küche fehlte, war eine Spritztüte mit verschiedenen Aufsätzen, also begab ich mich nach dem Frühstück in die Innenstadt, um bei Haushaltswaren Grimm ein solches Gerät zu erwerben.

Als ich mit der neuen Spritztüte das Geschäft wieder verließ, sah ich meine Freundin, Freisings Kulturreferentin Doris Winter, aus dem Rathaus schräg gegenüber kommen. Sie erblickte mich ebenfalls sofort und winkte.

»Maja, das trifft sich gut, ich habe mir für den Rest des Tages freigenommen, um in Ruhe ein paar Weihnachtsgeschenke zu besorgen. Komm mit und lass uns einen Glühwein trinken.«

Ich nahm Doris' Vorschlag gerne an, der verlockende Duft des weihnachtlichen Getränks war mir schon beim Hinweg verführerisch in die Nase gestiegen. Wir schlenderten den Weihnachtsmarkt in der Oberen Hauptstraße entlang und versorgten uns an einem gemütlichen Stand im Hüttenstil mit Glühwein. Doris nahm einen mit Schuss.

»Wahrscheinlich ist das die letzte Saison für den Weihnachtsmarkt hier an dieser Stelle«, informierte mich Doris über die neuesten Rathaus-Interna. »Zu viele Leute schimpfen, dass die Atmosphäre zu wenig weihnachtlich ist, dass es sich mehr um eine Fress- und Saufmeile als um einen besinnlichen Weihnachtsmarkt handelt.«

»Stimmt auch«, gab ich zu, »aber besser als nichts.«

»Natürlich wird es einen neuen Weihnachtsmarkt geben, wahrscheinlich im St.-Georgs-Innenhof. Na, wie viel hast du denn von deinem Mehlberg schon abgearbeitet«, witzelte Doris. Ich hatte ihr gegenüber bereits ausgiebig am Telefon über meine missliche Situation geklagt.

»Katastrophe!«, stöhnte ich. »Aber heute Nachmittag greife ich an.«

»Ich verstehe nicht, warum du dir so einen Stress machst, du könntest in jeder Bäckerei wunderbare Plätzchen kaufen.«

»Aber das merkt man doch!«, lehnte ich diese Lösung vehement ab. »Die Dinger stehen überall in den Schaufenstern. Stell dir vor, Maria geht spazieren und sieht zufällig Plätzchen, die exakt so ausschauen wie meine. So eine Blamage!«

»Maja, du spinnst«, meinte Doris voller Unverständnis, dann holte sie uns zwei weitere Glühwein. »Und, gibt's was Neues im Fall Würmtaler?«, fragte sie interessiert. In der Zeitung war heute kein Wort darüber gestanden.

Ich berichtete ihr von Beates Besuch in der Weinstube und vom eigenartigen Verhalten meiner Erzfeindin Bernadette Sieger.

»Maja, du zerbrichst dir den Kopf über Dinge, die wahrscheinlich halb so wild sind. Lass sie doch herumschnüffeln, wenn es ihr Spaß macht, wir beide sind schließlich auch neugierig«, meinte Doris abwiegelnd.

So einfach war die Sache für mich jedoch nicht, ich hatte unterschwellig das permanente Gefühl, dass diese Frau gefährlich war.

Der Glühwein sorgte für eine wohlige, innere Wärme. Die Stände mit den Heißgetränken konnten sich nicht über schlechten Zulauf beklagen, das Thermometer stand bestimmt unter null Grad. Viele Menschen mit roten Nasen und Wangen klammerten sich an ihren warmen Tassen fest und plauderten locker mit den anderen Leuten an den Stehtischen.

»Einer geht noch, oder?«, fragte Doris, worauf ich diesmal anbot, die dritte Runde zu holen. Ich vertrat zwar die Meinung, dass Glühwein besser roch als schmeckte, aber das relativierte sich spätestens nach dem zweiten Becher.

»Mit Schuss!«, rief mir Doris hinterher.

Das kann ich mir nicht leisten, dachte ich neidisch, das Plätzchenbacken fordert für Ungeübte wenigstens ein Mindestmaß an Konzentration.

»Wie steht's bei dir mit den Weihnachtsgeschenken?«, fragte Doris.

»Kannst du nicht mal über etwas Erfreuliches sprechen?«, raunte ich missmutig. Außer zwei CDs für Viola hatte ich noch nichts besorgt. Zudem hatte ich keinen blassen Schimmer, womit ich meinen Schwiegersohn und seine werte Mutter beglücken sollte. »Meine Enkelkinder wünschen sich Schlittschuhe, die könnte ich gleich auf dem Rückweg beim Koislmaier kaufen«, dachte ich laut.

»Ich komm mit«, entschied Doris spontan, »oder trinken wir vorher noch einen?«

»Nach dem Dritten schmeckt's eigentlich erst so richtig«, lobte ich Doris' Idee. Ich fühlte, wie sich der vorweihnachtliche Stress langsam in Nichts auflöste und eine besinnliche Stimmung von mir Besitz ergriff. Ach, war das schön! Es hatte wieder leicht angefangen zu schneien, aus einem Lautsprecher ertönte »Süßer die Glocken nie klingen«, und köstliche Düfte nach Plätzchen, Punsch und Bratwürsten durchzogen die Luft.

Als wir unseren vierten Glühwein fast geleert hatten und auf einmal »Stille Nacht« erklang, konnte ich nicht mehr an mich halten und sang aus Leibeskräften mit. Doris rammte mir ihren Ellbogen in die Seite und zischte: »Nicht so laut, Maja, alle Leute schauen schon her!«

Diese Tatsache beflügelte mich jedoch erst recht. Ich legte noch einen Zahn zu und bot den überrascht dreinblickenden Freisingern eine Weihnachtsstimmung vom Feinsten. Da sollte noch einmal jemand sagen, dieser Weihnachtsmarkt hätte keine Atmosphäre. Schade, dass Viola und meine Enkelkinder nicht hier waren.

»Gehen wir.« Doris zerrte mich am Ärmel, obwohl noch zwei Strophen kamen. Wenn meine Freundin nichts mehr im Glas hatte, wurde sie ungemütlich.

Wir betraten das Sportfachgeschäft, ich schnappte mir sofort eine Verkäuferin und ließ mich im hinteren Bereich des Ladens beraten. Da die modernen Schlittschuhe für Kinder immer auf drei Größen verstellbar waren, konnte man ziemlich sicher sein, dass sie passen würden. Als ich mich für zwei sehr sportliche Modelle entschieden hatte und gerade zur Kasse gehen wollte, stolperte ich fast über Doris. Sie saß tatsächlich auf einer Bank hinter mir und probierte Schlittschuhe an.

»Doris, seit wann gehst du Eislaufen?«, fragte ich verwundert.

»Seit heute«, klärte sie mich auf. »Meine Freundin hat Schuhgröße 39«, informierte sie kurz den Verkäufer, der sie bediente.

»Hä?«, hakte ich verwundert nach.

»Willst du deine Enkelkinder vielleicht allein auf den Freisinger Eisplatz schicken? Viola und Salvatore können bestimmt nicht Eislaufen.«

»Aber ich auch nicht! Ich stelle mich an den Rand und schaue zu.«

»Wie langweilig«, kommentierte Doris meine Pläne.

»Ich glaube, du hattest zu viel Schuss im Glühwein«, erlaubte ich mir zu bemerken, während der junge Verkäufer unsicher herumstand und nicht wusste, ob er nun Größe 39 holen sollte oder nicht.

»Mensch, Maja, stell dich doch nicht so an! Keiner verlangt einen dreifachen Rittberger von dir, es reicht, wenn du geradeaus fährst.« Doris stand auf und balancierte wackelig auf den Kufen. »Wie angegossen«, meinte sie fachmännisch zum Verkäufer.

Ich stand daneben und rang mit mir, was ich tun sollte. Sicher würde es Spaß machen, mit meinen Enkelkindern elegant übers Eis zu gleiten, aber konnte man das in meinem Alter noch lernen? Ach was, Doris war schließlich genauso alt. »Dann bringen Sie mir mal ein schickes Paar!«, forderte ich den Verkäufer auf. Doris nickte zufrieden.

Das weiße Ledermodell, das mir der junge Mann gebracht hatte, passte zwar gut, aber ich peppte die Schlittschuhe durch dicke Schnürsenkel im Tigerlook noch etwas auf. Eislaufen war schließlich auch etwas fürs Auge.

Doris und ich schnappten uns ein Taxi, luden die Schlittschuhe der Kinder und die Spritztüte zum Backen bei mir ab und ließen uns die paar Meter weiter zum Eisplatz chauffieren. Der Taxifahrer fuhr auf die Luitpoldbrücke und bog dann rechts zur Luitpoldanlage ab.

»Was ist denn da vorne los?«, murmelte er mehr zu sich selbst als zu Doris und mir.

Wir streckten unsere Hälse und sahen einen Rettungswagen mit Blaulicht am Isarufer stehen, ein Polizeiwagen war ebenfalls dort.

»Wahrscheinlich ist wieder ein Betrunkener in die Isar gefallen«, mutmaßte der Taxifahrer.

»Betrunken? Am helllichten Tag?« Doris schüttelte den Kopf.

Kurz darauf hatten wir den Eingang des Eisplatzes erreicht und bezahlten das Taxi. Wir drückten uns durch die Drehtür und erwarben an der Kasse gleich eine Zehnerkarte. Das würde sich auf alle Fälle lohnen, der Winter hatte ja eben erst begonnen. Voller Tatendrang marschierten wir in den Umkleideraum, schlüpften in unsere neuen Schlittschuhe und widmeten uns der aufwendigen Schnürarbeit. Endlich waren wir so weit, es konnte losgehen.

»Das wackelt ja richtig«, stellte ich fest, als wir mit den schmalen Kufen auf den schwarzen Gummimatten zur Eisfläche vorschwankten.

»Nur weil wir's nicht gewohnt sind«, beruhigte mich Doris.

Dummerweise mussten wir den Eisplatz ausgerechnet bei unserem ersten Versuch mit einer Schulklasse teilen. Manche Kinder setzten auf volles Risiko, es dauerte nicht lange, und sie schlitterten schon wieder auf dem Hinterteil dahin. Andere gingen die Sache bedächtig an und hielten sich mit den Händen an den Griffen von verschieden großen rot-weiß gestreiften Kegeln fest, die sie gemütlich vor sich her schoben.

»Auf geht's!«, rief Doris und hangelte sich an der weißen Bande entlang aufs Eis. Ich folgte ihr und hielt mich ebenfalls am Geländer fest. »Fahren wir gleich mal auf die andere Seite rüber, da ist nicht so viel los«, riet meine Freundin, dann ließ sie die Einzäunung los und rutschte ohne die Füße hochzuheben vorwärts.

»Okay«, meinte ich entschlossen und rutschte hinterher. »Pass auf, es ist verdammt glatt hier«, warnte ich sie noch, bevor mir magische Kräfte die Beine nach vorne zogen und ich unsanft auf meinem Allerwertesten landete.

»Ja Herrschaftszeiten, was ist denn jetzt passiert?«, machte ich meinem Unmut lautstark Luft. »Ich war doch gar nicht schnell!«

»Das muss die Schwerkraft deines Hinterteils gewesen sein.« Doris lachte aus vollem Hals.

»Du wirst dich auch noch unfreiwillig hinsetzen, wetten?«, konterte ich verärgert.

Ein älterer Herr stand plötzlich neben mir und bot mir freundlich seine Hand an, damit ich besser aufstehen konnte. Sehr galant, dachte ich angenehm überrascht, und bedankte mich höflich. Der Mann fuhr elegant weiter und drehte in der Ecke eine Pirouette. Da schau her, dieser Eisläufer war bestimmt über sechzig und machte eine ausgesprochen gute Figur. Es wäre doch gelacht, wenn ich das nicht auch schaffen würde. Hoch motiviert rutschte ich weiter. Aus der Ferne hörte ich ein Martinshorn, der Betrunkene vom Isarstrand wurde jetzt offenbar ins Krankenhaus geschafft.

Ich wagte einen Blick übers Eis, wo denn mein freundlicher Kavalier abgeblieben war. Schwupp, Peng! Diesmal war es die andere Pobacke, die es erwischt hatte. Ja, stellte ich mich wirklich so blöd an? Oder waren vier Glühwein vielleicht doch nicht die richtige Grundlage für diese Sportart? Mein Kavalier war nicht zu sehen, ich musste mich also allein in die Vertikale hochkämpfen. Wo war eigentlich Doris? Das durfte doch nicht wahr sein, sie drehte bereits in beachtlichem Tempo ihre erste Runde auf der ovalen Eisfläche! Diese Entdeckung wurmte mich gewaltig, am Glühwein konnte es also nicht liegen. Neben mir fuhr ein Knirps geruhsam mit seinem relativ großen Kegel im Kreis herum. Genau, ich musste so ein Ding haben! Mist, es war weit und breit kein freier Kegel zu entdecken.

»Wie lange brauchst du den Kegel noch?«, fragte ich höflich.

»Du meinst das Hütchen? Das ist für Kinder, nicht für Omas.«

Frecher Balg!

»Und wenn ich dir ein Eis spendiere?«

»Es ist Winter.«

Verdammt, ich wollte dieses Hütchen haben, sonst würde ich hier niemals vom Fleck kommen.

Doris zog in atemberaubendem Tempo an mir vorbei und rief: »Maja, es ist herrlich!«

Sie war zwar schnell, aber ihr Fahrstil wirkte gemeingefährlich. Sie torkelte unkontrolliert mit dem Oberkörper und ruderte wild mit den Armen, trotzdem schien sie einen Schwerpunkt aus Blei zu haben, der sie daran hinderte, umzufallen.

»Ich gebe dir zehn Euro, wenn du mir dein Hütchen gibst«, versuchte ich mit dem Knirps handelseinig zu werden.

»Zwanzig«, meinte der Dreikäsehoch frech.

»Das ist Wucher!«

»Dann eben nicht«, blieb das kleine Monster hart.

Ärgerlich nestelte ich an meiner Jackentasche und zog mein Portemonnaie hervor. Ich gab dem kleinen Halsabschneider widerwillig einen Zwanzigeuroschein, daraufhin fuhr dieser grinsend und auch noch ziemlich rasant in Richtung Ausgang.

Endlich hatte ich mit Hilfe des Hütchens meine Schlittschuhe unter Kontrolle, ich kam gut und sicher voran. Nanu, was war denn da vorne für ein Menschenauflauf? Zwischen den Füßen der Leute schauten Doris' liegende Beine hervor, der Eiskavalier kniete neben ihr. Ich nahm Kurs auf meine gestrandete Freundin und hoffte, dass ihr nichts passiert war.

»Ich habe mir das Handgelenk gebrochen«, informierte mich Doris sachlich, als sie mich sah.

»Um Himmels willen! Hast du Schmerzen?«, fragte ich besorgt.

»Es ist auszuhalten«, beschrieb sie ihre unglückliche Lage.

»Riskantes Fahren rächt sich meistens«, steuerte der Eiskavalier bei.

»Na hören Sie mal, ich hatte eben Pech«, wehrte sich Doris sofort.

Der Eiskavalier drehte sich zu mir her und sagte: »Der Rettungsdienst kommt gleich.«

»Ich begleite dich natürlich«, versicherte ich Doris und fuhr zum Ausgang, um unsere Sachen in der Umkleidekabine zusammenzupacken. Na fein, dachte ich, da lasse ich mir vor nicht einmal einer Minute zwanzig Euro aus der Tasche ziehen, und jetzt ist alles umsonst gewesen. Am liebsten hätte ich das Hütchen mit ins Krankenhaus genommen, damit keiner auf meine Kosten damit fahren konnte.

Als ich zurückkam, wurde Doris bereits von zwei Notärzten gestützt und vom Eis gezogen. Das gebrochene Handgelenk ließ sie locker nach unten hängen, man konnte nur bei genauem Hinsehen erkennen, dass die Hand etwas zu weit hinten saß. Ich half ihr beim Wechseln der Schuhe, dann stiegen wir in den Einsatzwagen. Auf der Luitpoldbrücke drehte ich mich neugierig um, ob der Rettungseinsatz an der Isar noch im Gange war, aber es war nichts mehr davon zu sehen.

8.

»Immer geradeaus und dann links«, beschrieb mir der eine Arzt den Weg zur Notaufnahme, als wir am Krankenhauseingang abgeliefert worden waren.

Die Dame bei der Anmeldung versicherte uns, dass es nicht lange dauern würde. Wir hatten Glück, in der Warteecke der Notaufnahme saßen nur eine Mutter mit ihrem Sohn, den ein bunt bemaltes Gipsbein zierte, und ein Mann mittleren Alters, der einen dicken Verband um den Mittelfinger trug.

»Dabei lief es so gut«, stöhnte Doris deprimiert.

»Zu gut«, gab ich zur Antwort.

Doris wurde aufgerufen, ich bediente mich am Zeitschriftenstand und blätterte ein wenig in einer Illustrierten. Aus dem Augenwinkel heraus bemerkte ich plötzlich, dass zwei Polizisten vor dem Eingang der Notaufnahme standen und warteten.

Eine Krankenschwester steckte den Kopf aus der Tür und sagte: »Doktor Möller kommt gleich.«

Ob die Polizisten wegen der Person an der Isar hier waren?

Ein Arzt mit runder Nickelbrille und grauem Vollbart öffnete die Tür und gab den Polizisten die Hand. Ich verschanzte mich unauffällig hinter meiner Zeitschrift und versuchte alles mitzuhören.

»Sieht leider nicht gut aus, er ist immer noch nicht bei Bewusstsein. Er ist sehr stark unterkühlt«, teilte der Arzt den Beamten mit. »Die Blutwerte haben eins Komma sechs Promille ergeben, außerdem hat er eine Verletzung am Hinterkopf. Vielleicht ist er gestürzt, was bei dem Alkoholpegel nicht verwunderlich wäre, und dann ist er womöglich bewusstlos und bis zum Oberkörper im Wasser eingetaucht liegen geblieben. Wie gesagt, die nächsten Stunden werden darüber entscheiden, ob er durchkommt.«

Die Polizeibeamten nickten und verabschiedeten sich wieder.

So eine tragische Geschichte! Ob es sich um einen Mann aus Freising handelte? Bestimmt würde morgen etwas über den Fall in der Zeitung stehen.

Nach einer halben Stunde kam Doris mit einem Gipsverband bis zur Achsel hoch zurück. Ich brachte sie nach Hause und informierte ihren Sohn Francesco darüber, was seiner Mutter passiert war.

Wieder daheim, legte ich mich erst einmal aufs Sofa, um mein Hinterteil zu entlasten, das ständige Sitzen auf meinen blauen Flecken war kein Vergnügen. Trotz schlechtem Gewissen entschloss ich mich, das Plätzchenbacken um einen Tag zu verschieben. Das war jetzt wirklich das Letzte, worauf ich Lust hatte.

Als ich aus meinem kleinen Nickerchen aufwachte, war ich mit meinen Gedanken sofort bei dem unterkühlten Mann vom Isarufer. Ob er noch lebte? Welches Schicksal war dem armen Kerl widerfahren? Ich setzte mich auf und spürte sofort meine Eislauf-Souvenirs am Allerwertesten. Sei nicht so wehleidig, Maja, schimpfte ich mich selbst, wenn du an Weihnachten mit deinen Enkelkindern mitlaufen willst, musst du da durch! Ich stand auf, ging ins Arbeitszimmer und ließ mich auf dem Bürostuhl vor meinem PC nieder.

Es konnte doch sein, dass ich auf der aktuellen Nachrichtenseite des Freisinger Tagblatts bereits irgendetwas zu dem unterkühlten Mann finden würde. Tatsächlich, die Zeitung berichtete brandaktuell, dass am Vormittag ein stark alkoholisierter, dreiundvierzigjähriger Privatdetektiv aus München bewusstlos am Isarufer in der Nähe der Isarbrücke gefunden wurde. Nach bisherigen Erkenntnissen der Polizei hielt sich der Mann zum Zwecke einer Observierung in Freising auf. Der oder die Auftraggeber des Mannes wurden dringend ersucht, sich bei der Polizei zu melden.

Jemand hatte einen Privatdetektiv aus München engagiert,

um eine bestimmte Person beobachten zu lassen? Meistens dienten solche Beschattungen dem Zweck, untreue Ehegatten oder Gattinnen zu überführen, zumindest hatte ich das einmal gelesen. Was passierte eigentlich, wenn der Beschattete seinen Verfolger bemerkte? Könnte es nicht sogar sein, dass dieser Privatdetektiv absichtlich mit dem Kopf auf den Boden gestoßen worden war, damit er seine Informationen nicht mehr weitergeben konnte? Andererseits, wenn der Mann mit eins Komma sechs Promille zur Arbeit ging, waren seine Beobachtungen bestimmt nicht viel wert, was sollte ein Betrunkener schon herausgefunden haben?

Ich rief bei Lilli an und berichtete ihr von Doris' Unfall und von der unseligen Geschichte mit dem Privatdetektiv.

»Da unten an der Isar hab ich mir auch schon mal fast den Haxen gebrochen. Vielleicht ist der Kerl bereits am Morgen gestürzt, als es noch dunkel war. Diese Kieselsteine sind tückisch, und mit einem Sanctus erst recht«, beendete Lilli schließlich das Gespräch.

Ich fragte mich, ob die Polizei den Vorfall wohl als Unfall betrachtete. Ein weiterer Mordversuch würde bei Kommissar Scheffel jedenfalls nicht für beschauliche Vorweihnachtsstimmung sorgen, Ruths zwanzig Sorten Plätzchen hin oder her.

Um die leidigen Gedanken an meine ungebackenen Plätzchen zu verscheuchen, packte ich wild entschlossen meine Schlittschuhe wieder ein und schlenderte gemütlich zum Eisplatz. Trotz blauer Flecken hatte mich der sportliche Ehrgeiz gepackt, ich wollte unbedingt meine Familie in den Weihnachtsferien mit meinen Fahrkünsten beeindrucken. Außerdem konnte ich jetzt mit meiner und Doris' Zehnerkarte zusammen noch achtzehnmal den Eintritt für Erwachsene verfahren.

Als ich am Kassenhäuschen vorbei gegangen war, entdeckte ich glatt ein freies Hütchen neben dem Eingang der Eisfläche. Ich schoss nach vorn, schnappte mir den Kegel und schleppte ihn mit in den Umkleideraum. Die entrüsteten Blicke von drei

Müttern und ihren Kindern ließen mich kalt. Zufrieden schob ich auf dem Eis mein Hütchen vor mir her. Auf diese Weise würde ich immerhin schon mit meinen Enkelkindern mitfahren können.

Nach einer halben Stunde bekam ich Kreuzschmerzen von der leicht gebückten Haltung, das Hütchen hätte für mich gern ein paar Zentimeter höher sein können. Dennoch war ich zufrieden mit meinen kleinen Fortschritten, fuhr zum Ausgang und wechselte die Schuhe.

Kurzerhand entschloss ich mich, auf dem Heimweg einen Abstecher zur Isar hinüber zu machen. Der Fall des Privatdetektivs beschäftigte mich, ich wollte mir die Stelle ansehen, an der er gefunden wurde. Ob sein Observationsauftrag in Freising irgendetwas mit dem Tod von Rudi Würmtaler zu tun hatte? Unsinn, sagte ich mir, außer dass beide Männer innerhalb einer Woche ermordet worden beziehungsweise verunglückt waren, gab es nichts, was die beiden Fälle miteinander verband.

Oder vielleicht doch? Wie angewurzelt blieb ich am Weg stehen, von dem aus man hinunter zur Isar ging. Ziemlich genau an der Stelle, an der wir heute Vormittag den Krankenwagen mit Blaulicht gesehen hatten, stand eine Frau. Sie hatte mir zwar den Rücken zugewandt, aber diesmal erkannte ich sie sofort: Es war Bernadette Sieger.

Das konnte kein Zufall mehr sein. Woher wusste Bernadette vom mysteriösen Unglücksfall des Privatdetektivs? Hatte sie die Information ebenfalls aus dem Internet oder verfügte sie über andere Quellen? Die Frau schnüffelte sowohl im Mordfall Würmtaler als auch im Unglücksfall dieses Privatdetektivs herum. Noch hatte sie mich nicht gesehen. Sollte ich tatsächlich zu ihr hingehen? Warum nicht.

Ich stapfte durch das nasse Gras zum Ufer vor. Bernadette war so in Gedanken versunken, dass sie mich erst bemerkte, als ich sie fast erreicht hatte.

»Was machst du hier, Maja?«, fauchte sie mich an, als stünde ich widerrechtlich auf ihrem Grund und Boden.

»Gegenfrage, was machst du hier?«

Bernadette kniff die Augen zusammen. »Wenn Maja Kuckuck überall ihre Nase hineinsteckt, wieso sollen andere Leute das nicht auch tun?«, warf sie mir entgegen. »Es hat mich keinesfalls gewundert, dass du gestern in die Metzgerei Würmtaler gegangen bist, obwohl du vorher nie dort eingekauft hast.«

Woher wusste sie das?

Sie wandte ihren Blick keine Sekunde von mir ab, wahrscheinlich wollte sie mich dadurch verunsichern. Es war mir zu blöd, mich wegen des Einkaufs in der Metzgerei zu rechtfertigen, deshalb wechselte ich das Thema.

»Wir freuen uns übrigens alle sehr, dass du unseren Chor endlich verlässt. Dann kehrt wieder Ruhe und Frieden bei uns ein.«

»Weißt du, Maja, soeben habe ich mich entschieden, dass ich doch nicht aus dem Chor austreten werde. Ich möchte dich nämlich gern im Auge behalten.«

Ich schluckte. Was sollte das? Jedes Wort dieser Frau war eine Unverschämtheit für sich. »Wir werden sehen, wer hier wen im Auge behalten wird, Bernadette!« Auf dem perfekt geschminkten Gesicht war keine Regung auszumachen. Ich drehte mich um und ging.

Verdammt noch mal, warum hatte ich bloß mit ihr geredet? Dabei hatte sie unseren Chor doch schon so gut wie sicher abgehakt! Ich ärgerte mich schwarz. Und dann noch dieser Ton, in dem sie mit mir sprach! Was hatte sie eigentlich gegen mich? Na schön, sie hatte erkannt, dass sie mir stimmlich und musikalisch nicht das Wasser reichen konnte, daran musste die ehrgeizige Frau Professor bestimmt schwer knabbern. Aber war das alles? Ich hatte das sichere Gefühl, dass diese Frau irgendetwas verheimlichte. Wahrscheinlich hatte sie Angst, dass ich ihr durch meine Nachforschungen auf die Schliche kommen könnte. Vielleicht war es doch nicht so schlecht, dass Bernadette weiterhin bei uns im Chor mitsingen würde, dachte ich schließlich, dadurch käme ich womöglich leichter hinter ihr Geheimnis.

9.

Kaum war ich am späten Nachmittag wieder zu Hause, klingelte die Haustürglocke.

»Wer ist da?«, fragte ich durch die Gegensprechanlage.

»Ich bin's, Ruth.«

Was wollte die denn plötzlich von mir? Ich drückte den Türöffner und ließ sie herein.

»Ich bin in Sachen Chor-Weihnachtsfeier unterwegs«, informierte sie mich wichtigtuerisch. »Du kannst dich doch sicher erinnern, dass wir in den letzten Jahren immer einen Überschuss an Vanillekipferln hatten, deshalb mache ich eine Liste, wer dieses Mal welche Sorten mitbringt.«

Ruth marschierte schnurstracks in mein Wohnzimmer und machte es sich auf dem Sofa bequem. »Ach, jetzt wäre ein Käffchen recht«, meinte sie wie selbstverständlich.

Ich ging in die Küche und schloss die Tür hinter mir, dann warf ich die Kaffeemaschine an und überlegte. Die Weihnachtsfeier war in zwei Wochen, mit welchen Sorten würde ich bis dahin aufwarten können? Am besten war es, wenn ich Ruth einfach fragte, was noch fehlte. Ich ließ die Kaffeemaschine arbeiten und ging wieder hinaus, natürlich nicht, ohne die Küchentür zu schließen. Was würde Ruth denken, wenn sie den Mehl- und Zuckerberg sähe!

»Du hast ja die erste Kerze noch gar nicht angezündet, Maja«, stellte Ruth verwundert fest.

»Weil ich die Kerzen schone. Wenn Violas Schwiegermutter zu Besuch ist, sollen schließlich nicht bloß ein paar Stumpen brennen.«

»Es gibt doch Ersatzkerzen.«

»Aber dann ist alles mit Wachs voll getropft, wie sieht denn das aus!«

Ruth nickte und drückte mir gegenüber nochmals ihr Mitgefühl aus. »Ich bin ja so froh, dass meine beiden Söhne noch nicht verheiratet sind.«

Bei der Aussicht auf diese Schwiegermutter würden die Söhne auch nicht so leicht eine Frau finden.

»Mit ein paar Plätzchen wäre der Kaffee verträglicher«, bemerkte Ruth beiläufig.

Ich reagierte souverän: »Eigentlich dachte ich, wir könnten den Weihnachtsstollen essen, den ich heute angeschnitten habe.«

»Du machst Stollen? Respekt, Maja, das hätte ich dir gar nicht zugetraut. Das Stollenbacken ist in der Tat eine hohe Kunst, aber mir ist meiner heuer auch wieder exzellent gelungen.«

Ich stand auf und ging in die Küche, bevor ich von einem Schreikrampf übermannt wurde. Diese Frau machte mich fertig. Ich richtete den Stollen von der Bäckerei Muschler auf einer Platte an und holte Kuchenteller aus dem Schrank, da ging die Tür auf.

»Kann ich dir helf…« Ruth blieb der Satz im Hals stecken, sie starrte mit offenem Mund zwischen meinem Küchentisch und mir hin und her.

»Ich, ähm«, begann ich, ohne zu wissen, wie ich den Satz weiterführen sollte, »ich habe eine Backblockade.«

Ruth nickte, der Mund ging nur sehr langsam wieder zu. »Bist du in Behandlung?«, fragte sie bemüht verständnisvoll.

»Ich wusste gar nicht, dass das heilbar ist«, antwortete ich mit gespieltem Erstaunen.

Sie richtete ihren Blick auf die Kuchenplatte mit dem Stollen.

»Vom Muschler«, beantwortete ich die Frage im Voraus.

»Na, das macht doch nichts, Maja, der ist ja auch gut.« Es dauerte etwas, bis sie sich wieder gefangen hatte, dann meinte sie: »Mach dir keine Gedanken, unter den Umständen werde ich dich natürlich von meiner Liste streichen. Erst neulich habe ich wieder gelesen, dass die Neurosen in unserem Lande auf dem Vormarsch sind. So schnell kann's gehen.«

Wir setzten uns ins Wohnzimmer, tranken Kaffee und aßen den Stollen dazu.

»Hat dein Mann denn schon eine heiße Spur im Mordfall Würmtaler?«, pirschte ich mich zu dem Thema vor, das mich jenseits von Plätzchen wirklich interessierte.

»Er erzählt nicht viel, weil er Angst hat, dass ich meinen Mund nicht halten kann. Bin ich vielleicht eine Tratschtante?« Ruth schnaubte.

»Aber ein bisschen was wirst du doch mitbekommen?«

»Heute ist ein Privatdetektiv aus München halb erfroren an der Isar gefunden worden, vor ein paar Stunden ist er gestorben. Ich habe den Verdacht, dass der Tod von dem Privatdetektiv mit dem Mord am Würmtaler zu tun hat, weil Theo vorhin am Telefon mehrmals gesagt hat, dass jetzt Licht in die Sache kommt.«

Der arme Mann war also in der Zwischenzeit tatsächlich gestorben. Wenn ich Ruths Informationen richtig deutete, hatten wir es nun mit zwei Mordfällen zu tun. Ich war hin- und hergerissen, ob ich Ruth von meinen letzten Begegnungen mit Bernadette erzählen sollte. Warum eigentlich nicht? Sie würde natürlich alles brühwarm an ihren Mann weitergeben, und der Kommissar würde Frau Professor Sieger genauer unter die Lupe nehmen. Das konnte auf keinen Fall schaden.

»Stell dir vor, was ich in den letzten Tagen erlebt habe«, begann ich und tischte Ruth die Geschichten mit Bernadette auf.

»Das wird Theo bestimmt interessieren.« Sie verabschiedete sich ziemlich abrupt und ging. Ich war gespannt, was dabei herauskommen würde.

Als ich um kurz nach halb acht in die Weinstube hinuntergehen wollte, klingelte das Telefon, meine Tochter Viola war dran.

»Weiß man denn schon, wer den Metzger umgebracht hat?«, fragte sie gespannt. Natürlich hatte ich ihr noch am Abend des schrecklichen Vorfalls davon erzählt.

Ich berichtete vom mysteriösen Tod des Privatdetektivs und von meinen rätselhaften Begegnungen mit Bernadette.

»Die Sache gefällt mir nicht, Mama, du solltest dich lieber von dieser Frau fernhalten. Ach übrigens, hast du die Schlittschuhe für die Kinder bekommen?«

»Hab ich, und ihr werdet noch eine große Überraschung erleben.« Ich sah mich schon vor meiner staunenden Verwandtschaft in lässig-eleganter Manier übers Eis schweben. Violas Schwiegermutter Maria würde Augen machen, wozu deutsche Omas fähig waren.

»Apropos Überraschung, Maria hat gesagt, dass sie auch etwas zum Fest beitragen möchte und dass sie dir ein Paket geschickt hat.«

»Ein Paket? Was soll denn da drin sein?«

»Ich habe keine Ahnung, vielleicht Panettone oder irgend so etwas. Machst du heuer wieder eine Gans?«

»Natürlich, ist schon beim Metzger bestellt.«

Ich verabschiedete mich von Viola und ging in freudiger Erwartung in die Weinstube hinunter. Andreas würde heute Abend meinen Christbaum mitbringen, er hatte angeblich einen alten Freund in Haindlfing, der Tannenbäume züchtete und verkaufte.

»Und, wo ist er?«, fragte ich neugierig, als ich den Gastraum betrat.

Andreas war bereits mit Gläserpolieren beschäftigt und sagte: »Hinten im Hof. Ich habe eine zwei Meter hohe, wunderschön gewachsene Nordmanntanne für dich ausgesucht, aber der Baum ist jetzt im Netz. Selbstverständlich werde ich dir beim Aufstellen helfen, wenn es so weit ist.«

Ich ging in den Hof und begutachtete das Prachtstück. Leider konnte man wegen des Netzes nicht viel erkennen, aber die stattliche Größe war genau richtig für dieses Jahr. Ob ich die sicher nicht billige Tanne in den nächsten drei Wochen bedenkenlos in meinem Hinterhof stehen lassen konnte? Der Hof war zur Seite hin offen, sodass sich jedermann unbefugt Zutritt verschaffen konnte. Ach was, wer klaut denn einen zwei Meter hohen Christbaum, sagte ich mir und ging wieder Richtung Hintereingang.

Raschelte da nicht etwas in der dunklen Ecke neben den Mülltonnen? Ich bekam eine Gänsehaut, die allerdings nicht von der Kälte herrührte. Der Innenhof war nur spärlich beleuchtet, ich hatte auf einmal das Gefühl, dass ich beobachtet wurde. Ob Andreas meine Hilferufe hören würde, wenn mich hier jemand überfiel?

»Hallo?«, rief ich laut in die bewusste Ecke. Nichts. Jetzt hörte ich deutlich ein lautes Ein- und Ausatmen, da stand doch jemand!

»Kommen Sie sofort heraus, sonst hole ich die Polizei!« Mit Andreas im Hintergrund war ich richtig mutig.

Eine Gestalt trat schwerfällig aus dem Schatten und stotterte: »I-i-ich bin's, Frau Kuckuck.«

Es war Beate.

»Beate, was um alles in der Welt machen Sie neben meinen Mülltonnen?«

»Ich … ich habe mich versteckt.«

Sie schlotterte entweder vor Angst oder vor Kälte.

»Jetzt kommen Sie erst mal mit rein«, forderte ich sie auf. Ich schob sie durch den Hintereingang ins Haus und in die noch leere Weinstube, dort bot ich ihr einen Platz an einem Ecktisch an. »Andreas, bitte bring uns zwei Pils«, bat ich meinen Mitarbeiter, der Gerstensaft würde der bleichen Beate bestimmt guttun.

Ich wartete, bis Andreas das Bier serviert und Beate einen kräftigen Schluck davon genommen hatte, dann fing ich an.

»Beate, vor wem haben Sie sich in meinem Hof versteckt?«

»Vor der Frau!«, kam es wie aus der Pistole geschossen.

»Welche Frau?«

»Na die, von der Sie mir gesagt haben, dass ich mich bei Ihnen melden soll, wenn Sie wieder auftaucht.«

»Die Frau heißt Bernadette, was wollte Sie von Ihnen?«

Beate goss sich den Rest ihres Pilses in einem Zug in den Rachen und gab Andreas einen Wink. Sie lernte schnell.

»Heute Vormittag war Rudis Beerdigung«, begann sie unter Tränen. »Die Chefin wollte nicht, dass ich hingehe. Sie hat gesagt, dass die Beerdigung nur im engsten Familienkreis sein soll. Ich bin aber trotzdem hingegangen und hab mich hinter einem Busch versteckt. Ich wollte doch dabei sein, wenn mein Rudi …«

Sie wurde von einem heftigen Weinkrampf geschüttelt. Das Pils von Andreas kam zur rechten Zeit, nach einem langen Zug konnte sie wieder weitersprechen. »Auf einmal ist diese Frau hinter mir gestanden und hat gesagt, dass sie sich gleich gedacht hat, dass ich auch da bin.«

Sie wühlte in ihren Jackentaschen und fragte mich, ob ich noch Taschentücher hätte. Ich brachte ihr eine ganze Packung und setzte mich wieder. Nach heftigem Schnäuzen fuhr sie fort:

»Die Frau hat mich gefragt, ob ich krank bin, da habe ich gesagt, dass ich einen Schnupfen habe. Und dann wollte sie wissen, ob die Chefin krank ist oder der Alex, dann hab ich gesagt, dass die auch einen Schnupfen haben. Und dann hat sie gefragt, wer die alte Frau am Grab war. Ich hab ihr gesagt, das muss die Rosemarie sein, Rudis Schwester.«

Beate hob ihr leeres Glas hoch und blickte zu Andreas. Mein Mitarbeiter sah mich fragend an, ich nickte.

»Und dann wollte sie wissen, ob ich Sie kenne, Frau Kuckuck. Da hab ich ihr natürlich auch die Wahrheit gesagt.«

»Was haben Sie Bernadette erzählt?« Ich bemühte mich um einen ruhigen Ton, obwohl ich innerlich kochte. Was bildete sich diese pietätlose Bernadette eigentlich ein, Beate am Grab ihres Geliebten mit solch bescheuerten Fragen zu löchern?

»Na, ich hab gesagt, dass Sie früher auch mal mit dem Rudi zusammen waren und dass Sie sehr nett zu mir sind.«

Verdammt, das hätte es nicht gebraucht!

»Und weswegen haben Sie sich vor Bernadette versteckt, Beate?«

»Weil Sie dann wissen wollte, ob der Rudi krank war. Ja, hab ich gesagt, der Rudi war krank. Das hat ihr aber nicht gereicht, sie wollte unbedingt wissen, was er gehabt hat. Ich habe ihr immer wieder gesagt, dass ich es nicht weiß, aber sie hat mir nicht geglaubt. Dann bin ich nach Hause gegangen, und sie ist mir nachgelaufen. Und dann wollte sie auch noch wissen, ob der Rudi viel Geld gehabt hat, von dem die Chefin nichts gewusst hat.«

Das dritte Pils war im Anflug, Beate stärkte sich für die Fortsetzung der haarsträubenden Geschichte.

»Diese Bernadette hat gesagt, dass sie nicht blöd ist und dass sie genau weiß, dass ich mit Ihnen, Frau Kuckuck, unter einer Decke stecke. Vor einer halben Stunde bin ich dann von zu Hause weggegangen und wollte zu Ihnen, dann habe ich gemerkt, dass mir diese Frau ganz langsam mit einem Auto hinterherfährt. Ich habe nicht mehr gewusst, was ich machen soll. Ich bin immer schneller gelaufen, und als ich endlich da war, war die Weinstube noch geschlossen. Dann ist die Frau auf den Parkplatz gegenüber gefahren und ich bin schnell in den Hof gegangen und habe mich versteckt. So war das.«

Ich saß wie versteinert da und überlegte, was das alles zu bedeuten hatte. Wusste Beate irgendetwas, das für Bernadette sehr wichtig oder gar gefährlich sein konnte? War Beate wirklich so einfältig, wie sie sich gab? Gefühlsmäßig neigte ich zwar dazu, ihr zu trauen, aber konnte ich da so sicher sein? Auf alle Fälle war es wichtig, Beate weiterhin auf meiner Seite zu halten, deshalb ließ ich ihr noch ein Pils und eine Brotzeitplatte bringen.

Eines stand fest, Bernadette war tiefer in den Mordfall Würmtaler involviert, als ich zu Anfang annahm. Wollte der sterbende Rudi etwa zu ihr? Meine Gedanken überschlugen sich, aber mit logischem Denken kam ich nicht weiter. Ich hoffte, dass Bernadette am Freitag wieder neben mir in der Chorprobe sitzen würde. Ich war mehr als gespannt darauf, wie sie sich mir gegenüber verhalten würde.

10.

Am Mittwochmorgen stand ich ratlos vor meinem Küchentisch. Ich konnte Maria sagen, dass mein Backofen kaputt war. Aber wie sollte ich dann die Gans braten? Und wenn ich doch Plätzchen in der Konditorei kaufen würde? Aber wohin dann mit den ganzen Zutaten, die schließlich auch nicht unbegrenzt haltbar waren? Maja, du musst heute backen, es gibt keine Ausrede mehr, schimpfte ich mit mir selbst. Aber erst einmal brauchte ich ein gutes Frühstück.

Kaffee trinkend überflog ich im Wohnzimmer die Zeitung, bis ich auf den Bericht über den toten Privatdetektiv stieß. Der Mann war am frühen Nachmittag an den Folgen seiner schweren Unterkühlung gestorben, stand dort zu lesen, ansonsten enthielt der Artikel die gleichen Informationen, die bereits am Vortag online veröffentlicht worden waren. Über den Mordfall Würmtaler konnte ich nichts finden. Während ich an einem großen Stück Stollen kaute, schlich sich Bernadette Sieger immer wieder in meine Gedanken. Was hatte sie damit gemeint, als sie sagte, ich steckte mit Beate unter einer Decke? Offenbar ging sie davon aus, dass ich etwas wusste, von dem ich in Wahrheit jedoch keine Ahnung hatte. Wahrscheinlich vermutete sie, dass ich mit Rudi nach unserer Liaison noch in engem Kontakt gestanden hatte. Und was sollte die Frage nach dem Geld, von dem Rudis Frau keine Kenntnis hatte? Bedeutete das, dass Rudi jemanden erpresst hatte? Vielleicht sogar Bernadette? Natürlich, so könnte es gewesen sein! Und jetzt hatte Bernadette Angst, dass Rudi das Wissen, mit dem er sie erpresst hatte, an Beate oder mich weitergegeben hatte.

Mir fiel ein, dass sich Bernadette bei Beate nach der älteren Frau am Grab erkundigt hatte. Ich ging zum Telefonbuch und suchte einen Eintrag über Rosemarie Würmtaler in Wippenhausen. Tatsächlich, die Adresse stand dabei. Da Rudis Schwester noch Würmtaler hieß, war davon auszugehen, dass sie nicht verheiratet war.

Ich brachte mein Frühstücksgeschirr zurück in die Küche, ignorierte meinen Küchentisch mitsamt Mehlberg und ging hinunter zu meinem Auto. Auf dem Weg dorthin vergewisserte ich mich kurz, ob mein Christbaum noch an Ort und Stelle stand, dann stieg ich in meinen Minivan und fuhr nach Wippenhausen.

Das Anwesen, in dem Rosemarie wohnte, war leicht zu finden. Es handelte sich augenscheinlich um einen stillgelegten Bauernhof. In einer großen Scheune mit geöffnetem Tor stand ein weißer Golf, es waren keinerlei landwirtschaftliche Geräte darin zu entdecken. Der ehemalige Stall wirkte still und verlassen, der Hof vor dem Wohnhaus war picobello sauber und ordentlich, überall waren Blumenkästen und Terrakottatöpfe aufgestellt. Hier wurde bestimmt seit langer Zeit keine Landwirtschaft mehr betrieben.

Ich ging zum Wohnhaus und klingelte. Nach etwa einer halben Minute öffnete eine kleine, grauhaarige Frau, die zwar schwarz gekleidet war, darüber aber eine weiße Küchenschürze trug.

»Ja bitte?«, fragte sie mich mit dem typischen Unterton, wie wenn man einen Vertreter vor der Haustür abwimmeln wollte.

»Grüß Gott, Frau Würmtaler, mein Name ist Maja Kuckuck. Ich war vor langer Zeit eng mit Ihrem Bruder befreundet und wollte Ihnen persönlich mein Beileid aussprechen.«

Rosemarie Würmtaler musterte mich genau, ihr Blick war zwar skeptisch, aber nicht unfreundlich. »Ich erinnere mich, Ihren Namen früher öfter gehört zu haben. Das ist aber mindestens vierzig Jahre her, würde ich sagen.«

Rudis Schwester hatte ein bemerkenswertes Erinnerungsvermögen, obwohl sie nicht mehr die Jüngste war. Ich schätzte sie auf ungefähr siebzig, sie musste eine Ecke älter gewesen sein als ihr Bruder.

»Da haben Sie recht, es ist sehr lange her. Zufälligerweise ist Rudi aber ausgerechnet vor meinen Füßen gestorben, ich bin nämlich im Neustifter Kirchenchor, und deswegen hat mich sein Tod sehr berührt. Ich hatte einfach das Bedürfnis, mit jemandem, der ihm nahestand, darüber zu sprechen.«

Rosemarie Würmtaler blickte kritisch drein. »Worüber wollen Sie mit mir sprechen, über Rudi oder über seinen Tod?«

Die Frau hatte einen messerscharfen Verstand, damit hatte ich nicht gerechnet. Ich hatte eigentlich gehofft, dass ich einer etwas senilen, älteren Dame locker ein paar Familien-Interna würde entlocken können. »Über beides«, wagte ich mich vor.

»Bitte«, meinte sie schließlich und forderte mich mit der flachen Hand auf, einzutreten. Irgendwie hatte ich das Gefühl, dass sie mich nur aus Höflichkeit empfing und eigentlich nicht besonders erpicht auf meine Gesellschaft war.

Sie wies mir den Weg in ein altmodisches Wohnzimmer mit dunkelgrüner Polstergarnitur und scheußlich gemusterter Tapete, dennoch machte das Haus auch von innen einen sehr gepflegten Eindruck. An den Wänden hingen Gemälde von Engeln und Heiligen, an einige Rahmen hatte sie einen Rosenkranz drapiert. In der Mitte des Wohnzimmertisches stand ein Adventskranz, bei dem die erste Kerze brannte.

»Darf ich Ihnen eine Tasse Tee anbieten?«, fragte sie wohl nur, weil es sich so gehörte.

»Das wäre sehr nett«, nahm ich das Angebot an.

Sie verschwand kurz, ich sah mich weiter im Zimmer um. In der rechten Ecke an der Fensterseite war ein Tisch mit einer wunderschönen Weihnachtskrippe aufgebaut, die Gesichter von Maria und Josef waren aus Wachs modelliert und die Gewänder aus echtem Stoff geschneidert. Das Paar war unterwegs in Richtung Stall, der natürlich noch leer war. Rosemarie Würmtaler trug nach und nach zwei Teegedecke, einen großen Teller mit Weihnachtsplätzchen und eine Kanne Tee herein.

»Sie haben eine sehr schöne Krippe«, sprach ich ihr mein Kompliment aus.

»Gefällt sie Ihnen? Ich habe alles selbst gemacht.« Sie lächelte, allmählich schien sie doch etwas aufzutauen.

»Woher können Sie das?«, fragte ich bewundernd.

»Ich war Lehrerin für Handarbeit und Hauswirtschaft. Wenn man in Pension ist, hat man viel Zeit.« Sie setzte sich und goss uns Tee ein. »Bitte nehmen Sie!«, forderte sie mich auf und schob mir die Platte mit den Plätzchen hin.

So einen Plätzchenteller würde ich an Weihnachten auch gerne servieren, dachte ich neidisch. Mindestens fünfzehn Sorten in verschiedenen Farben und Formen lagen appetitlich angerichtet in einem immer kleiner werdenden Kreis auf der runden Platte.

»Auch selbst gemacht?«, fragte ich überflüssigerweise.

»Was denken Sie von mir! Ich habe in meinem ganzen Leben noch kein Backwerk gekauft.«

Ich kostete einige der himmlisch schmeckenden Plätzchen, bevor ich mich besann, weswegen ich eigentlich hier war. »Liebe Frau Würmtaler, ist es nicht schrecklich, einen solchen Tod zu sterben? Wer konnte nur auf einen so netten Menschen wie den Rudi schießen?«

»Frau Kuckuck, spielen Sie mir keine Komödie vor, ich erinnere mich genau, dass Sie der Rudi damals sitzen gelassen hat.«

Oh-oh, die Frau war ein harter Knochen! Aus der würde ich nicht viel herausbekommen, das wurde mir allmählich klar.

»Sind sie kinderlos?«, probierte ich es in eine andere Richtung.

»Natürlich, ich war nie verheiratet.«

»Ich auch nicht, aber ich habe trotzdem eine Tochter«, sagte ich nicht ohne Stolz.

»Das ist nicht der Idealfall, Frau Kuckuck.«

Ich kam mir vor wie ein Schulkind, das von seiner Lehrerin zurechtgewiesen wurde. »Jedenfalls habe ich eine eigene Familie mit Enkelkindern«, schoss ich zurück.

»Das blieb mir verwehrt«, antwortete Rosemarie sachlich. Große Emotionen lagen ihr offenbar nicht, sie müsste sich theoretisch gut mit ihrer Schwägerin Helga verstehen.

»Aber wenigstens haben Sie ja noch einen Neffen und eine Schwägerin.«

»So ist es.«

Ja, verflixt noch mal, dieser Frau kam wirklich kein Wort zu viel über die Lippen!

»Huch, ich habe den Ofen vorgeheizt«, rief sie plötzlich und ging kurz in die Küche.

»Wollten Sie etwa schon wieder Plätzchen backen?«, fragte ich angesichts der bereits vorhandenen Auswahl mit Erstaunen.

»Ich backe gerne, und mit irgendetwas muss sich der Mensch ja beschäftigen«, bekam ich zur Antwort.

»Und wer isst die vielen Plätzchen?«, erkundigte ich mich neugierig.

»Ich gebe den Überschuss regelmäßig ins Kinder- oder ins Altenheim.«

Ein Gedankenblitz durchschoss mich, dass ich vor Aufregung fast anfing zu zittern. »Frau Würmtaler, ich habe ein riesengroßes Problem«, begann ich und legte meine Karten offen auf den Tisch.

»Na, dann bringen Sie Ihre Zutaten eben vorbei. Es sollte eine Selbstverständlichkeit für jeden Christen sein, dass man Menschen in Lebenskrisen behilflich ist«, meinte sie großmütig.

Ich war zwar nicht der Meinung, dass es sich bei mangelnder Lust am Plätzchenbacken um eine Lebenskrise handelte, aber ich hielt brav meinen Mund und spielte innerlich einen Triumphmarsch ab.

Sofort fuhr ich nach Hause und schleppte Rosemarie Würmtaler eine halbe Stunde später meine Backzutaten in einem großen Wäschekorb in die Küche.

»Ich werde Sie natürlich dafür bezahlen«, sagte ich immer noch schwer atmend.

»Das möchte ich nicht«, wehrte Rosemarie entschieden ab. »Spenden Sie lieber eine schöne Summe an eine wohltätige Organisation.«

Erleichtert fuhr ich nach Hause. Der Besuch bei Rosemarie Würmtaler hatte sich wahrlich gelohnt, auch wenn ich in Bezug auf Rudis Tod nicht viel schlauer geworden war.

Beschwingt ging ich am Abend hinunter in die Weinstube. Ob ich Ruth noch anrufen sollte? Ach was, ich würde ihr am Freitag nach der Chorprobe direkt sagen, dass sich meine Backblockade gelegt hatte.

Andreas schmückte gerade mit seiner Flamme Caro einen Mini-Christbaum, den sie auf der Theke aufgestellt hatten. Ich hoffte insgeheim, dass die junge Dame an Ostern immer noch aktuell war, sie hatte wirklich ein Händchen für hübsche Dekorationen.

Gegen acht Uhr trafen die ersten Gäste ein, Caro verabschiedete sich. Als sie zur Tür ging, stieß sie beinahe mit einem Paar mittleren Alters zusammen, das gerade hereingekommen war. Wie der Blitz drehte sie sich um und kam zu mir zurück. »Das ist Alex Würmtaler«, flüsterte sie mir zu, bevor sie endgültig die Weinstube verließ.

Ich musterte den attraktiven, dunkelhaarigen Mann, der sich mit seiner aufgebrezelten Wasserstoffblondine an einen Tisch an der Wand setzte. Nein, er hatte keine Ähnlichkeit mit Rudi, ganz im Gegenteil, die eher zierliche Nase und der volllippige Mund erinnerten stark an die Gesichtzüge seiner Mutter.

Er sah sich neugierig in der Weinstube um, bestimmt war er zum ersten Mal hier. Als er schließlich mich ins Visier genommen hatte, ging ich zu seinem Tisch. »Guten Abend, die Herrschaften, haben Sie schon gewählt?«, fragte ich zuvorkommend.

»Für mich einen Chardonnay«, meinte die Begleitung von Alex, er schloss sich an.

Während ich den Wein an der Theke einschenkte, spürte ich den beobachtenden Blick von Alex Würmtaler. Mein Gefühl sagte mir, dass er nicht nur zum Weintrinken gekommen war. Ich brachte die beiden Gläser an den Tisch und wünschte

»Zum Wohl!«. Alex sah mich an, als wollte er noch etwas sagen.

»Möchten Sie vielleicht eine Kleinigkeit dazu essen?«, gab ich ihm die Chance, endlich mit der Sprache herauszurücken.

»Sind Sie Maja Kuckuck?«, fragte er schließlich. Als ich bejahte, fuhr er fort: »Mein Name ist Alexander Würmtaler, ich würde gerne mit Ihnen über Beate sprechen.«

Na also, geht doch! Ich setzte mich auf den freien Stuhl und wartete.

»Das ist übrigens meine Freundin Janine«, stellte er mir kurz seine Begleitung vor. Die stark geschminkte Dame lächelte mich mit ihrem leichten Silberblick an. »Ich bin der Inhaber der Metzgerei Würmtaler im Lerchenfeld, der Sohn von Rudi Würmtaler, den Sie ja offensichtlich kannten.«

Interessant, dass dieses Thema nach vierzig Jahren wieder solche Kreise zog. »Mein Beileid, Herr Würmtaler«, kondolierte ich förmlich.

»Frau Kuckuck, meine Angestellte Beate hat meiner Mutter und mir gegenüber erwähnt, dass Sie im Moment die einzige Person sind, die ihr Halt gibt.«

»Wenn das wahr ist, ist es jedenfalls nichts Schlechtes, oder?« Ich war gespannt, worauf er eigentlich hinauswollte.

»Frau Kuckuck, ich sollte Ihnen vielleicht sagen, dass Beate ...«, er sah kurz seine blonde Begleitung an, um sich Rückendeckung zu holen, »dass Beate manchmal nicht ganz zurechnungsfähig ist. Sie leidet unter Verfolgungswahn und Realitätsverlust. Wir beschäftigen sie eigentlich nur noch aus sozialem Gewissen heraus, weil sie seit Jahren bei uns ist und weil sie ihren Job trotz allem zur Zufriedenheit der Kundschaft erledigt. Aber Sie können sich nicht vorstellen, was meine Mutter und ich uns in den letzten Monaten alles anhören mussten.«

Die Wasserstoffblondine nickte heftig.

»Sie bildet sich ein, mein Vater hätte ein Verhältnis mit ihr gehabt, bloß weil er ihr manchmal einen Klaps auf den Po gegeben hat. Er war halt so, Sie kannten ihn ja.«

»Ich bin trotzdem etwas erstaunt«, gab ich zu.

»Außerdem hat sie überall herumerzählt, dass mein Vater krank gewesen sei. Mein Vater litt hin und wieder unter starken Kreuzschmerzen, eine Metzgerkrankheit, weil wir die Arbeit meistens im Stehen verrichten und manchmal schwer schleppen müssen, aber ansonsten war er kerngesund. Sie hat sich das alles eingebildet, um daraus eine Art Vertrauensverhältnis zwischen ihr und meinem Vater basteln zu können, weil er angeblich nur mit ihr über seine Krankheit gesprochen hat.«

Die Wasserstoffblondine schüttelte den Kopf und rollte die Augen nach oben.

»Frau Kuckuck, ich weiß nicht, was Ihnen Beate erzählt hat, ich wollte Sie nur darüber aufklären, dass Sie nicht alles ernst nehmen sollten, was sie sagt.«

»Vielen Dank, das ist sehr nett von Ihnen, dass Sie mich über Beates Zustand informieren. Ehrlich gesagt habe ich nicht gemerkt, dass mir Beate nur einen Bären aufgebunden hat«, entgegnete ich.

»Wie sollten Sie auch«, meinte Alex schulterzuckend. »Das Neueste ist, dass sie sich von einer Frau verfolgt fühlt«, sprach er weiter. »Sie müssen wissen, dass die Kundschaft regen Anteil am Schicksal meines Vaters nimmt. Natürlich wird Beate auch außerhalb der Metzgerei oft auf der Straße angesprochen, ob man denn schon weiß, wer auf meinen Vater geschossen hat. Sie war sehr in meinen Vater verliebt und kommt mit seinem Tod überhaupt nicht zurecht. Sie sieht jetzt in allen Frauen, die sich nach den Todesumständen meines Vaters erkundigen, ehemalige Konkurrentinnen um seine Gunst.«

Alex gönnte sich einen Schluck Wein, bevor er wieder das Wort ergriff.

»Meine Mutter wollte, dass wir meinen Vater nur im engsten Familienkreis beerdigen. Natürlich habe ich den Wunsch meiner Mutter respektiert, obwohl mir klar war, dass das nicht funktionieren würde. Es waren viele Kunden und Bekannte auf dem Friedhof, die die Beerdigung aus gebührendem Abstand mitverfolgt haben. Dass Beate auch dort war, war ebenfalls keine Überraschung für mich, und dass sie auf dem Friedhof von mehreren Leuten angesprochen wurde, ist doch nur selbstverständlich. Seit der Beerdigung meines Vaters dreht sie jedenfalls völlig durch. Sie hat uns gesagt, dass sie von einer Frau bis zu ihrer Haustür verfolgt wurde und dass sie gestern Abend vor dieser Frau zu Ihnen geflüchtet ist. Einerseits sind Beates Erzählungen mysteriös, andererseits klingt das Ganze nur wie eine Fortsetzung der Hirngespinste, die sie seit Monaten von sich gibt.«

Ich war völlig durcheinander. Mochte ja sein, dass sich Beate die Liebesbeziehung zu Rudi bloß eingebildet hatte, aber Bernadette Sieger war aus Fleisch und Blut, und ich hatte sie selbst sowohl in der Metzgerei als auch am Isarufer gesehen. Wahrscheinlich vermischten sich in Beates Kopf Realität und Wahnvorstellungen miteinander.

»Ich bin froh, dass Sie mich über Beate unterrichtet haben, Herr Würmtaler. Jetzt weiß ich gar nicht mehr, wie ich mich ihr gegenüber verhalten soll«, meinte ich unsicher.

»Ich glaube, das spielt keine Rolle, sie lebt in ihrer eigenen Welt.«

Ob am Ende Beate den schönen Rudi wegen unerwiderter Liebe oder in einer Phase geistiger Unzurechnungsfähigkeit erschossen hatte? Wenn sie eifersüchtig auf alle Frauen war, die sich nach Rudi erkundigten, könnte sie dann nicht auch mich als ihre Feindin betrachten, erst recht, seit sie wusste, dass ich schon mal mit Rudi zusammen war? Womöglich war die Situation gestern Abend in meinem Hinterhof gar nicht so ungefährlich gewesen, wie ich leichtsinnigerweise angenommen hatte. Ich war heilfroh, dass mir Alex Würmtaler die Augen geöffnet hatte. Obwohl er ja angeblich ein großer Schürzenjäger vorm Herrn war, fand ich ihn ganz sympathisch. Um das Gespräch in eine erfreulichere Richtung zu lenken, erzählte ich ihm von meiner neuen Bekanntschaft mit Rosemarie Würmtaler.

»Ich habe heute übrigens Ihre Tante kennengelernt. Sie ist

so freundlich und hilft mir beim Plätzchenbacken, weil ich nicht dazu komme.«

»Rosemarie?«, fragte Alex überrascht. »Das wird ihr guttun, wenn sie eine Aufgabe hat.«

Die Blondine stimmte wieder eifrig nickend zu.

Ich musste mich leider von Alex und der blonden Frau verabschieden, weil soeben eine Gruppe mit mindestens zwanzig Personen in der Weinstube eingetroffen war.

Während ich die Bestellungen aufnahm, beschloss ich, Beate das nächste Mal abzuwimmeln, wenn sie wieder bei mir auftauchen sollte. Sicher war sicher. Menschen, die an Wahnvorstellungen litten, waren mir nicht geheuer.

11.

Es war herrlich, am Donnerstagmorgen in meiner aufgeräumten Küche zu frühstücken. Ich lehnte mich auf dem Küchenstuhl bequem zurück und blätterte im Freisinger Tagblatt. Über die beiden Todesfälle der letzten Woche wurde nichts berichtet. Die Zeitung widmete sich stattdessen großzügig unserem neuen Erzbischof Marx, der morgen seinen Antrittsbesuch in Freising machen würde. Hoffentlich würden sich die Ministranten trotz Begeisterung besser im Griff haben als neulich beim Korbiniansfest mit unserem scheidenden Erzbischof Kardinal Wetter. Um den Kardinal zum Abschied noch einmal gebührend zu ehren, hatten sie so viel Weihrauch produziert, dass die stummen Feuermelder im Dom draußen einen Großalarm ausgelöst hatten. Als sich die geistlichen Würdenträger mitsamt Gemeinde zur Reliquienprozession aufmachten und den Dom verließen, staunten sie nicht schlecht über das Großaufgebot an Feuerwehrfahrzeugen, das sie im Vorhof des Doms erwartete. Gott sei Dank stand schnell fest, dass es sich um einen Fehlalarm handelte, sodass die Klangpremiere des erst vor Kurzem wieder komplett hergestellten Renaissancegeläuts des Freisinger Doms nicht weiter durch Sirenen oder Martinshörner gestört wurde. Wie peinlich, wenn unser neuer Erzbischof bei seinem ersten Besuch gleich mit einem Feuerwehreinsatz verschreckt würde!

Nachdem ich die Zeitung zu Ende gelesen hatte, dachte ich noch einmal über meinen Entschluss vom Vorabend nach. Ob sich Beate tatsächlich nur eingebildet hatte, dass sie von Bernadette verfolgt und ausgefragt worden war? Aber Bernadettes Besuch in der Metzgerei? Gut, man konnte ihr keinen Strick daraus drehen, dass sie dort einen Beileidsbrief abgegeben hatte. Sie war bestimmt nicht die Einzige, die ein Kondolenzschreiben persönlich überbrachte. Hatte Beate vielleicht nicht einmal Bernadette gemeint, als sie mir gegenüber von der Frau sprach, die am Vormittag einen Brief abgegeben hatte? Aber was suchte Bernadette an der Isar? Ich musste mir eingestehen, dass ich ja ebenfalls aus purer Neugierde dort hingegangen war. Litt ich womöglich selbst unter Verfolgungswahn? Hasste ich Bernadette Sieger wegen ihrer chorinternen Unverschämtheiten so sehr, dass ich ihr die Verwicklung in einen Mordfall zutraute? Hm, ich wusste nicht mehr, was ich denken sollte. Ob Ruth in der Zwischenzeit etwas über das sprichwörtliche Licht herausgefunden hatte, das ihr Mann am Telefon so häufig strapaziert hatte? Spätestens morgen Abend nach der Chorprobe würde sie uns sicher ihre neuesten Erkenntnisse präsentieren.

Die Haustürglocke klingelte, ein Mann rief durch die Gegensprechanlage: »Paketdienst!« Da ich nichts bestellt hatte, musste es sich um das Päckchen von Violas Schwiegermutter handeln. Ein kräftiger Mann schleppte einen großen Karton die Treppe hoch und stellte ihn laut schnaufend vor meine Füße. Ich machte die Haustür weit auf und bat den Mann, das Paket ins Wohnzimmer zu tragen. Der Absender bestätigte meine Vermutung, das Paket war von Maria. Wie viele Panettone mochten da drin sein? Hatte Maria einen ganzen Laden aufgekauft?

Ich gab dem Zusteller Trinkgeld und holte gespannt eine große Schere aus der Küche. Die Ecken waren dick mit Klebeband verpappt, sodass ich meine liebe Mühe hatte, den Karton zu öffnen. Endlich gelang es mir, den festen Pappdeckel einzureißen und einen Blick auf den Inhalt zu werfen. Der Karton war bis obenhin mit weißem Verpackungsmaterial aus Styropor gefüllt, ganz oben lag ein mehrseitiges, bedrucktes Heftchen. Merkwürdig, es sah aus wie eine Gebrauchsanleitung auf Italienisch. Ich blätterte ein paar Seiten vor und fand deutsche Wörter.

Spinn ich? Verstört las ich die dicke Überschrift: »Weihnachtsbaum Typ Santa Claus«. Ich setzte mich aufs Sofa und las weiter. »180 cm groß, 520 Spitzen, schwer entflammbar. Stabiles Klappsystem mit Ständer.«

Auf direktestem Weg marschierte ich zu meinem Wohnzimmerschrank und goss mir einen Grappa ein, obwohl es noch Morgen war. Ich kippte den Traubenbrand auf ex hinunter und schüttelte mich. Es war klar, dass mir großer Ärger bevorstand. Das ließ ich nicht mit mir machen! An meinem Weihnachtsfest mit meiner Familie kam mir kein Plastikbaum in mein Wohnzimmer. Verdammt, der Mann vom Paketdienst war bestimmt schon wieder über alle Berge. Ich hätte das Paket nicht annehmen dürfen. Ich musste es sofort zurückschicken. Ach was, am besten war es, wenn es gar nicht angekommen wäre. Die italienische Post war doch sonst berühmt-berüchtigt für ihre Schlamperei, wieso sollte der Gummichristbaum nicht einfach verloren gegangen sein? Aber ich habe doch den Erhalt des Pakets unterschrieben, fiel es mir siedend heiß ein. Maja, denk nach, sagte ich mir, dir wird etwas einfallen.

Ich ging zum Telefon und rief Doris an, aber sie erkannte den Ernst der Lage nicht und konnte vor Lachen kaum sprechen.

»Du bist mir wirklich überhaupt keine Hilfe!«, schimpfte ich. »Da gebe ich viel Geld für eine Luxus-Nordmanntanne aus, investiere ein Vermögen in die Weihnachtsbeleuchtung, organisiere extra jemanden, der meine Plätzchen backt, schone die Kerzen von meinem Adventskranz und soll mich dann an Weihnachten unter eine Silikon-Tanne setzen? Wo sind wir denn?«

Doris brachte immer noch kein Wort heraus. Ich fragte mich langsam, ob sie zum Frühstück schon Glühwein mit Schuss gehabt hatte.

»Nimm doch einfach deinen echten Baum, das merkt Maria doch gar nicht«, schlug sie schließlich vor und fragte erstaunt: »Was hast du vorhin gesagt? Du hast tatsächlich jemanden gefunden, der dir deine Plätzchen macht?«

Ich berichtete ihr von Rosemarie und im Anschluss auch gleich von Alex' Besuch in der Weinstube.

»Glaubst du, ein Sohn ist gut auf die Geliebte seines Vaters zu sprechen, die jünger ist als er selbst, noch dazu, wenn sie unliebsame Wahrheiten über den Vater verbreitet? Vielleicht fürchtet er einfach, dass das Ganze dem Geschäft schadet.«

Doris' Überlegungen machten mich stutzig. Ich musste zugeben, dass diese Möglichkeit natürlich bestand. Wir verabredeten uns wie so oft am Ruhetag der Weinstube zum Abendessen, dann wollten wir das Thema weiter erörtern.

Was sollte ich jetzt mit dem Paket in meinem Wohnzimmer anfangen? Rein interessehalber schnappte ich mir den Beipackzettel, der immer noch auf dem Wohnzimmertisch lag, und suchte im Internet nach dem Preis von »Weihnachtsbaum Typ Santa Claus«. Unglaublich, diese Geschmacklosigkeit war etwa dreimal so teuer wie meine echte Nordmanntanne! Ich atmete tief durch und wählte die Nummer meiner Tochter in Verona. Je eher man das Thema ausdiskutierte, desto besser für den Frieden unterm Weihnachtsbaum.

»Pronto!«, brüllte mein Schwiegersohn aus dem Hörer.

Etwas verdutzt fragte ich: »Salvatore? Warum bist du nicht in deiner Praxis?« Ich wollte das Problem eigentlich nicht mit meinem Schwiegersohn besprechen.

»Bin ich sehr krank, Maja, habe ich Schnupfen und kann ich kaum sprechen!«

Den Eindruck hatte ich allerdings nicht, wie immer bei Telefongesprächen mit Salvatore musste ich den Hörer ein paar Zentimeter von meinem Ohr entfernt halten, da ich um mein Trommelfell fürchtete.

»Hast du gekriegt das Paket von meine Mutter? Freust du dich sehr, Maja! Ist ganz einfach zum Aufbauen, kannst du machen ganz alleine. Und kannst du wieder verwenden jedes Jahr. Und fallen nicht immer die Nadeln auf deine schöne Teppich, kannst du die Staubsauger in die Keller bringen an Weihnachten. Sag ich meine Mutter, dass du angerufen hast und dass du dich sehr bedankst. Muss ich wieder aufhören, weil meine Stimme geht sehr schlecht.«

Es klickte, er hatte aufgelegt.

»Oh du fröhliche!«, rief ich ärgerlich und knallte den Hörer aufs Telefon.

Ich packte meine Schlittschuhe ein und marschierte zum Eisplatz. Sport an der frischen Luft würde mehr Sauerstoff in mein Gehirn pumpen, es musste eine Lösung her für das Problem »Weihnachtsbaum Santa Claus«. Niemals würde ich dieses Gerät in meinem Wohnzimmer aufstellen, ein Christbaum musste nach Christbaum riechen, sonst war er keiner.

Da am Eisplatz wieder mal alle Hütchen vergeben waren, wagte ich mich vorsichtig ohne Gehhilfe aufs Eis. Ich hatte ein wesentlich besseres Gefühl als beim ersten Mal und kam sturzfrei zur gegenüberliegenden Seite des Eisplatzes.

»Hallo, die Dame, wie geht es Ihrer Freundin?« Der Eiskavalier war wieder da, er hatte mit einer so schneidigen Kurve vor mir gebremst, dass kleine Eisbrösel durch die Luft flogen.

»Sie hat den Arm in Gips, aber ansonsten geht es ihr gut«, antwortete ich höflich.

»Und Sie haben tatsächlich Blut geleckt am Kufensport, wie ich sehe.«

»Ich möchte mit meinen Enkelkindern in den Weihnachtsferien mitlaufen können«, erklärte ich.

»Ach, Sie sind schon Oma? So sehen Sie gar nicht aus.«

Gegen die typische Rentner-Anmache war ich allergisch. »Ich würde jetzt gerne weiterüben, könnten Sie bitte ein paar Schritte zur Seite gehen, damit ich nicht extra um Sie herumfahren muss.«

»Wir könnten gemeinsam eine Runde drehen, das würde Ihnen mehr Sicherheit geben.«

»Ich brauche Ihre Sicherheit nicht, ich will meine eigene Sicherheit. Und jetzt gehen Sie mir bitte aus dem Weg, sonst werde ich ungemütlich.«

»Sie kommen mir irgendwie bekannt vor.«

Ist das die Möglichkeit, jetzt bemühte er auch noch den dämlichsten aller Anmachsprüche!

»Vielleicht haben Sie mal ein Bild von mir in der Zeitung gesehen, ich bin die Altsolistin vom Neustifter Kirchenchor.« Der angestaubte Möchtegern-Casanova sollte wenigstens wissen, bei wem er keine Chance hatte.

»Sie singen im Neustifter Kirchenchor?« Das gockelhafte Getue des Mannes war mit einem Mal verschwunden, seine Miene hatte sich schlagartig verdunkelt. »Na dann«, meinte er noch kurz, bevor er zügig wegfuhr.

Verwundert sah ich ihm nach, eigentlich hätte ich ein paar Nachfragen bezüglich meiner Sangeskunst erwartet, aber der Mann hatte es wohl nicht mit klassischer Musik.

Ich konzentrierte mich wieder auf meine rutschenden Vorwärtsschritte und schaffte es tatsächlich, wenige Zentimeter auf einem Fuß zu gleiten. Nach einer knappen Stunde und den ersten Erfolgen machte ich mich zufrieden auf den Heimweg. Der Eiskavalier war längst verschwunden.

12.

Als ich am frühen Abend mit der leidigen Buchhaltung der Weinstube fertig war, zog ich mich fürs Essen um. Doris hatte vorgeschlagen, dass wir zum Chinesen gehen, da sie mit dem Gipsarm Schwierigkeiten beim Zerkleinern von Speisen hatte. Gerade, als ich in meine neuen Fellpumps schlüpfen wollte, klingelte es an der Haustür.

»Ja bitte?«, fragte ich durch die Gegensprechanlage.

»Ihr Weihnachtsbaum im Hinterhof brennt!«, rief eine Kinderstimme, im Hintergrund war gackerndes Gelächter zu hören.

Frechheit, da hatten mir wohl aufgedrehte Kinder einen Streich gespielt! Die Bengel haben doch nicht etwa meine Nordmanntanne angezündet, überlegte ich kurz. Nein, das wäre kein Scherz mehr gewesen, so etwas hatte es bei uns im Viertel noch nie gegeben. Sicherheitshalber wollte ich trotzdem nachsehen. Ich ging die Treppe nach unten und den Flur zum Hinterausgang vor. Durch das Glasfenster der Tür war kein Flammenlicht zu erkennen. Zum Glück also doch nur ein Dummejungenstreich, dachte ich erleichtert. Ich schaltete die Außenlampe über der Tür ein, sperrte auf und ging hinaus. Der eisige Wind pfiff mir scharf um die Ohren, sodass ich meine Kapuze hochzog. Ich machte ein paar Schritte zur Tanne vor und begutachtete sie von allen Seiten. Nein, hier hatte niemand gezündelt, der Baum lehnte unversehrt an der Wand.

Hörte ich da nicht schon wieder ein leises Rascheln aus der dunklen Ecke neben den Mülltonnen? Maja, du hörst Gespenster, sagte ich mir. Nur weil sich Beate einmal dort versteckt hatte, vermutete ich jetzt bei jedem Windstoß eine lauernde Person. Doch seit Alex Würmtalers Besuch war mir Beate suspekt. Und wenn sie sich wieder dort versteckt hielt?

»Beate?«, rief ich mutig in die Ecke. Nichts. Und doch war

mir so, als würde ich beobachtet werden. Da ich heute auf die schützende Nähe von Andreas verzichten musste, hielt ich es für besser, zurück ins Haus zu gehen. Ich drehte mich um und ging zur Tür. Plötzlich riss jemand von hinten an meiner Schulter und warf mich rückwärts zu Boden. Was ich dann erblickte, war das Grauen in Person: Eine grässliche, übergroße Fratzenmaske blickte auf mich herab, der Körper des Monsters steckte in zotteligem, braunen Fell. Gebogene Hörner wie die eines Widders ragten aus dem Kopf des Ungetüms heraus, eine rotbraune, spitze Hakennase quoll aus der Mitte des Gesichts. Das Schrecklichste jedoch war der riesengroße, geöffnete Mund: Fingerlange, einzeln stehende weiße Zähne hingen dicht über meinem Gesicht, das Licht der Lampe über der Tür leuchtete geradewegs in den dunkelroten Schlund. Das Monster hielt mir den Mund zu, was völlig unnötig war. Bei diesem Anblick rutschte jeder Laut sofort in den Hals zurück. Ich zitterte und schwitzte gleichzeitig. Kurz hoffte ich, dass ich gleich aus einem Albtraum erwachen würde, aber ich war hellwach. Das Ungeheuer lag halb auf mir und drückte mit felligen Händen auf meinen Mund. Ich schloss die Augen, ich konnte nicht länger in diese Fratze schauen. Die Fellhand packte mich am Kinn und schüttelte meinen Kopf, bis ich die Augen wieder öffnete. Plötzlich wedelte ein Zettel vor meinem Gesicht. Das schaurige Monster legte das Blatt auf meinen Bauch und war binnen einer Sekunde verschwunden.

Ich blieb wie versteinert liegen. Der Schock war mir dermaßen in die Glieder gefahren, dass ich mich nicht bewegen konnte. Ich brauchte ein paar Minuten, bis ich wieder Herr meiner Sinne und meines Körpers war, dann versuchte ich mich vorsichtig aufzusetzen. Mein rechtes Handgelenk, mein Rücken und mein Kopf schmerzten, das Ungeheuer war nicht gerade zimperlich mit mir umgegangen. Ich fühlte mit den Fingern eine dicke Beule an meinem Hinterkopf, aber wenigstens blutete ich nicht. Gott sei Dank hatte ich vorher die wattierte Kapuze aufgezogen, sonst hätte ich wohl eine Platzwunde oder sogar eine Gehirnerschütterung von dem brutalen

Überfall davongetragen. Auf meinen Oberschenkeln lag das leicht zerknitterte Papier, das das hässliche Monster zurückgelassen hatte. Zitternd nahm ich das Blatt in die Hand und starrte auf die dunkelroten, verschmierten Buchstaben: VERGISS RUDI! DIE ISAR IST KALT!

Erneut lief mir ein Schauer über den Rücken, diese Drohung war mir wahrlich eindrucksvoll übermittelt worden. Ich stand unter Schmerzen auf, ging ins Haus und sperrte die Tür hinter mir ab. Mit wackligen Beinen kehrte ich in meine Wohnung zurück, legte den Zettel auf den Wohnzimmertisch und genehmigte mir noch im Stehen einen doppelten Grappa. Mein Blick schweifte zu dem Papier mit der scheußlichen Drohung. Die Buchstaben sahen so aus, als ob sie der Verfasser mit einem in Farbe getauchten Finger geschrieben hatte. Die dunkelrote Schrift leuchtete bedrohlich im hellen Wohnzimmerlicht. Mit einem Mal hatte ich einen widerlichen Verdacht: Die Tinte war aus Blut! Übelkeit stieg in mir hoch, schnell goss ich einen weiteren Grappa nach.

Das Telefon klingelte, mit beklemmendem Gefühl hob ich ab.

»Wo bleibst du so lange?«, fragte Doris ungeduldig.

Die Stimme meiner Freundin zu hören tat gut, ich bekam wieder festen Boden unter den Füßen. »Ich komme gleich, aber ich muss erst ein Taxi rufen.«

»Dann aber zacki, zacki, ich habe Hunger!«

»Du bekommst eine Horrorgeschichte als Vorspeise«, warnte ich sie schon einmal vor.

»Ich dachte eher an eine Frühlingsrolle, die du mir schneiden wirst«, meinte sie trocken. Doris würde sich noch wundern.

In meinem Büro holte ich eine Klarsichthülle und steckte das blutige Schreiben hinein, dann besah ich meine Kleidung. Da der Boden im Hinterhof trocken war, musste ich mich nicht groß umziehen, lediglich mein brauner Anorak hatte ein paar schmutzige Stellen. Ich legte meinen dunkelblauen Wintermantel bereit, rief das Taxi und wartete.

Es war ausgeschlossen, dass die Kinder, die bei mir geklingelt hatten, hinter dem Überfall steckten. Wenn man von der Brutalität des Angriffs ausging, musste es sich in jedem Fall um eine erwachsene Person unter der schaurigen Maske gehandelt haben.

Endlich klingelte es, der Taxifahrer brachte mich sicher zum Restaurant Rosengarten.

Doris saß an einem Tisch am Fenster, eine junge Asiatin brachte ihr gerade ein frisches Kännchen Weißwein.

»Für mich dasselbe, bitte«, orderte ich noch, bevor ich mich auf einem Stuhl niederließ. »Ich wurde soeben von einem Monster in meinem Hinterhof überwältigt«, platzte ich sofort heraus, als die Bedienung nicht mehr in Hörweite war. Ohne Punkt und Komma schilderte ich Doris haargenau, was vorgefallen war.

»Und wo ist der Zettel mit der blutigen Schrift jetzt?«, fragte sie entgeistert.

Ich sah mich nach allen Seiten um, ob ich beobachtet wurde, dann zog ich das Beweisstück in der Klarsichthülle aus meiner Handtasche und reichte es Doris über den Tisch. Sie starrte auf die verschmierten Buchstaben.

»Meinst du wirklich, dass das Blut ist?«, fragte sie angeekelt.

»Es sieht zumindest so aus, findest du nicht?«

Doris nickte zur Bestätigung. »Du solltest den Überfall schleunigst der Polizei melden, anstatt hier mit mir zu essen«, meinte sie besorgt.

»Mit nüchternem Magen sollte man nie zur Polizei gehen, das dauert ewig, bis die alles aufgenommen haben. Außerdem kommt es auf ein paar Stunden hin oder her nicht an. Das Ungeheuer ist sowieso schon längst über alle Berge.«

Wir studierten die Speisekarte und entschieden uns für ein dreigängiges Menü für zwei Personen.

»Mensch, Maja«, meinte Doris plötzlich aufgeregt, »jetzt weiß ich, was das für ein Monster war!«

Gespannt wartete ich auf Doris' Erklärung.

»Hast du denn vor ein paar Tagen nicht auch in der Zeitung gelesen, dass ein Kostüm der ›Frisinga Fratzen‹ gestohlen worden ist?«

»Du meinst die Perchten, die auf dem Weihnachtsmarkt immer diese furchterregenden Tänze mit lautem Getrommel und scheppernden Schellen aufführen? Stimmt, die haben so schaurige Masken und so ein Fellkostüm!«

Ich konnte mich gut daran erinnern, dass ich im letzten Jahr nichts Böses ahnend dem Treiben der »Frisinga Fratzen« auf dem Marienplatz zugesehen hatte, als mir einer dieser frechen Kerle plötzlich von hinten in den Nacken gefasst und mich anschließend mit einem lauten Schrei ins Gesicht fast zu Tode erschreckt hatte. Einige der umstehenden Frauen liefen ebenfalls sofort kreischend davon, andere Leute lachten laut vor Spaß.

»Wo ist das Kostüm gestohlen worden?«, fragte ich Doris.

»Ich glaube, es war so, dass die Mitglieder der Perchtengruppe von einem Auftritt auf einem Münchner Christkindlmarkt nach Freising zurückgekommen sind und dann in der Aktienschenke noch ein wenig gefeiert haben. Einer der Perchten hatte vergessen, sein Auto abzusperren, in dem das Kostüm lag. Als er nach zwei Stunden aus der Wirtschaft kam, war das Kostüm spurlos verschwunden.«

»Es muss dieses gestohlene Kostüm gewesen sein, dass der Angreifer getragen hat. Aus der Perchtengruppe selbst wäre niemand so blöd und würde jemanden im eigenen Kostüm überfallen. Da keine Maske der anderen gleicht, wäre dies für die Polizei ja fast wie eine Visitenkarte.« Davon war ich überzeugt. »Weswegen wollen die Perchten eigentlich gar so gruselig aussehen?«, fragte ich Doris, die sich als Kulturreferentin damit vielleicht besser auskannte.

»Der Perchtenlauf ist ein jahrhundertealter, alpenländischer Brauch. Die grässlichen Masken sollen böse Geister vertreiben, und wer Geister vertreiben will, muss selbst furchterregend aussehen.«

»Aha. Bleibt nur noch die Frage, warum erwachsene Menschen Spaß daran haben, anderen Leuten Angst einzujagen.«

»So darfst du das nicht sehen, Maja«, meinte Doris, »es ist eben Tradition.«

Die Bedienung brachte unsere Mini-Frühlingsrollen, die man nur in die Sauce einzutunken und nicht zu schneiden brauchte.

Als ich das letzte Röllchen verzehrt hatte, überlegte ich laut: »Es ist doch merkwürdig, dass mich die Kinder ausgerechnet zu dem Zeitpunkt in den Hinterhof gelockt haben, als der falsche Perchte dort auf mich gewartet hat.«

»Ich finde das nicht merkwürdig, das war bestimmt genau so geplant«, schmatzte Doris, während sie sich den letzten Bissen Frühlingsrolle in den Mund schob. »Der Typ hat, selbstverständlich ohne Kostüm, ein paar Kinder gefragt, ob sie jemandem einen harmlosen Streich spielen würden. Vielleicht hat er auch mit ein paar Euros nachgeholfen. Die Kinder sollten um eine gewisse Uhrzeit bei dir läuten und ihr Sprüchlein aufsagen. In der Zwischenzeit hat sich der Kerl verkleidet und in deinem Hinterhof versteckt.«

»Klar, nichts einfacher als das«, stimmte ich Doris zu. Leider war es wohl nicht herauszubekommen, welcher Lausbuben sich der falsche Perchte bedient hatte, sonst könnte ich die Kinder nach der Beschreibung des Mannes fragen.

»Bist du überhaupt sicher, dass ein Mann in dem Kostüm gesteckt hat? Du hast doch gesagt, dass der Perchte kein Wort gesprochen hat.«

Doris brachte mich auf eine Idee. »Vielleicht war es Beate! Von der Größe der Gestalt habe ich nicht viel mitbekommen, da ich ja gleich am Boden lag. Und ob ein dicker oder dünner Mensch unter dem langhaarigen, verfilzten Fell steckte, ist auch schwer zu beantworten. Jedenfalls braucht ein erwachsener Mensch bestimmt nicht allzu viel Kraft, um eine Person, die nicht damit rechnet, von hinten umzureißen.«

Die zierliche Bedienung servierte unseren Hauptgang, eine runde Platte mit verschiedenen Fleischspezialitäten. Ich legte Doris etwas vom gebratenen Rindfleisch mit Morcheln und von der knusprigen Ente auf den Teller, für mich nahm ich erst einmal gebratene Hähnchenbrust mit Gemüse und Cashew-Kernen. Nach den ersten Bissen setzten wir unsere Unterhaltung fort.

»Falls es so ist, wie Alex Würmtaler gesagt hat, würde der Inhalt des Schreibens auf alle Fälle zu Beate passen. Wenn sie tatsächlich alle Frauen hasst, die sich nach ihrem Rudi erkundigen, gehöre ich mit Sicherheit zum Kreis dieser Personen. Und wer sagt eigentlich, dass es sich bei der roten Farbe um Menschenblut handelt. Es könnte genauso gut Tierblut sein, und als Metzgereiverkäuferin hat man mit Tierblut permanent zu tun.«

Doris bestellte mit einem Wink zwei weitere Kännchen Weißwein. »Aber der zweite Satz auf dem Blatt macht mich stutzig«, nahm sie den Faden wieder auf, »das hieße ja, dass Beate irgendetwas mit dem Tod dieses Privatdetektivs zu tun hat. Nein, das kann ich mir nicht vorstellen.«

Während ich eine große Portion gebackenes Schweinefleisch süß-sauer auf meinen Teller lud, kam mir noch eine andere Möglichkeit in den Sinn. »Vielleicht war es ja Bernadette Sieger?«

»Traust du ihr das wirklich zu? Ich meine, das ist eine Nummer größer als verbaler Zickenkrieg«, sagte Doris skeptisch.

Doris hatte recht, körperliche Gewalt passte irgendwie nicht zu Bernadette. Mit einem wohligen Sättigungsgefühl lehnte ich mich zurück und trank einen großen Schluck Wein. Eigentlich hatte ich gar keine Lust mehr, heute noch auf der Polizeidienststelle herumzusitzen. Der Gedanke, dass womöglich Beate in dem Perchtenkostüm gesteckt hatte, nahm dem Überfall im Nachhinein etwas vom ursprünglichen Schrecken. Die Frau war einfach nicht ganz dicht, da konnte man schon mal auf so verrückte Ideen wie »Ungeheuer spielen« kommen.

»Möchtest du noch etwas?«, fragte ich Doris, nachdem ich essenstechnisch kapituliert hatte, und einige Schälchen der Platte immer noch nicht leer waren.

»Nur her damit«, meinte sie entschlossen und ließ sich alle Reste auf den Teller laden.

»Ich habe ganz vergessen zu erzählen, dass sich der Eiskavalier heute nach deinem Befinden erkundigt hat.«

»Der faltige Pirouettendreher? Der wäre mir viel zu alt«, sagte sie trocken, obwohl er nur ein paar Jährchen älter sein durfte als wir.

»Er hat sich an mich rangeschmissen«, fuhr ich fort.

Doris lachte so laut los, dass sie sich verschluckte und heftig husten musste. »Da ist er an die Richtige geraten«, meinte sie schließlich heiser.

Ich erzählte ihr von unserem kurzen Gespräch und dem etwas abrupten Nachlassen seines Interesses an meiner Person.

»Komischer Kauz«, bestätigte Doris. »Mach lieber einen Bogen um ihn.«

»Geht nicht, ich kann nur geradeaus fahren.«

Wir lachten beide, dann verspeisten wir noch gebackene Litschis und tranken ein Gläschen Pflaumenwein hinterher. Als wir das Restaurant verließen, war ich so bettschwer, dass ich meine Aussage bei der Polizei auf den nächsten Tag verschob.

13.

Am Freitagmorgen weckte mich gegen halb neun die Wintersonne, die mir freundlich ins Gesicht schien. Ich hatte tief und fest geschlafen und war Gott sei Dank von Albträumen mit wilden Fratzen verschont geblieben. Das warme, helle Licht versetzte mich in eine derart unbeschwerte Stimmung, dass ich den gestrigen Überfall als Bagatelle abhakte und einen Besuch bei der Polizei für völlig übertrieben hielt. Nachdem ich eine Nacht darüber geschlafen hatte, war ich mehr denn je davon überzeugt, dass Beate in dem Perchtenkostüm gesteckt hatte. Sie hatte sich aus Eifersucht an mir gerächt, weil ich auch einmal in der Gunst ihres geliebten Rudis gestanden hatte. Die Frau hatte einfach einen an der Waffel, so etwas gab's. Gut gelaunt ging ich ins Bad und setzte mich anschließend zum Frühstücken in meine aufgeräumte Küche.

Nachdem ich die Zeitung studiert hatte, überlegte ich, ob ich einen Abstecher nach Wippenhausen zu Rosemarie Würmtaler machen sollte. Wir waren zwar so verblieben, dass sie mich anrufen wollte, wenn sie mit dem Backen fertig war, aber bevor die gute Frau in meinen Plätzchen erstickte, wäre es vielleicht besser, wenn ich die bereits fertigen Sorten zwischendurch abholen würde. Ich ging in den Keller und suchte ein paar leere Dosen zusammen, diese legte ich mit Alufolie aus und machte mich anschließend auf den Weg nach Wippenhausen. Ich hätte vorher anrufen sollen, kam es mir auf der Fahrt in den Sinn. Ach was, es ist zehn Uhr morgens, und ältere Leute stehen meistens früh auf, dachte ich schließlich.

Als ich in den Hof einfuhr, stellte ich fest, dass Rosemarie Besuch hatte. Ein silberner BMW parkte direkt vor der Haustür, Rosemaries weißer Golf stand wie beim letzten Mal in der offenen Scheune. Ich stieg aus und klingelte. Nach wenigen Sekunden öffnete Rosemarie die Tür.

»Frau Kuckuck, gut dass Sie kommen, fünf Sorten sind schon fertig«, sagte sie hektisch und ließ mich herein. Sie wirkte angespannt und nervös. Ein schlechtes Gewissen überkam mich, hatte ich der alten Dame vielleicht doch zu viel zugemutet?

»Einen Moment«, meinte sie hastig und ging ins Wohnzimmer, dessen Tür offen stand. »Ich habe Besuch bekommen«, hörte ich Rosemarie sagen.

Einen Augenblick später kam Bernadette Sieger mit zusammengekniffenen Lippen aus Rosemaries Wohnzimmer und erstarrte zur Salzsäule, als sie mich sah. Obwohl ich ebenso wenig mit ihrem Auftauchen bei Rosemarie gerechnet hatte wie umgekehrt, gab ich mich wenig überrascht und stellte mit ruhiger Stimme fest: »Hallo, Bernadette, jetzt schnüffelst du also schon in meinem Bekanntenkreis herum.«

Bernadette wirkte regelrecht schockiert über meine Anwesenheit, sie schoss nicht sofort zurück, wie es sonst ihre Art war, sondern hatte Mühe, überhaupt einen Satz zu artikulieren. Sie atmete schnell, ihre Mundwinkel zuckten nervös.

»Darf ich fragen, was du hier machst?«, quetschte sie schließlich heraus.

»Frau Würmtaler backt meine Plätzchen«, meinte ich kurz.

Bernadette drehte den Kopf ruckartig zu Rosemarie, diese stand wie versteinert da und blickte ihr regungslos ins Gesicht. Die geladene Spannung, die von Bernadette ausging, prallte an Rosemarie Würmtaler ab, sie kam mir vor wie in Trance.

»Zwei Menschen sind gestorben«, sagte Bernadette in so eisigem Ton, dass ich eine Gänsehaut bekam. Ihr Blick war immer noch auf Rosemarie gerichtet, dann wandte sie sich abrupt mit vor Wut flackernden Augen an mich und zischte: »Mein Anstand verbietet es mir, vor dir auszuspucken!«

Sie machte auf ihren hohen Absätzen kehrt und verließ mit schnellen Schritten das Haus. Wir hörten, wie die Autotür zuflog und wie sie mit quietschenden Reifen vom Hof fuhr.

Rosemarie und ich standen noch eine Weile bewegungslos im Flur, Bernadettes Auftritt hatte eine nachhaltige Wirkung.

»Möchten Sie eine Tasse Tee?«, fragte Rosemarie schließlich wie ferngesteuert.

»Ja, gerne«, antwortete ich erleichtert darüber, dass sie die beklemmende Stille endlich durchbrochen hatte. Ich folgte Rosemarie in die Küche und setzte mich ungefragt auf einen hölzernen Küchenhocker ohne Lehne.

»Schwarz oder Früchtetee?«, fragte Rosemarie.

»Schwarz, bitte.«

Sie setzte das Wasser auf und ging in den Vorratsraum, zu dem eine Tür schräg hinter mir führte. »Ich wollte Ihnen beim letzten Mal noch sagen, dass ich etwas knapp mit den Plätzchendosen bin«, rief sie aus der Vorratskammer heraus.

»Aber ich habe doch welche mitgebracht! Ich hole sie schnell aus dem Auto«, sagte ich und ging nach draußen, um die Dosen zu holen. Als ich wieder in die Küche kam, standen bereits mehrere Frischhaltebüchsen mit duftenden Plätzchen auf dem Tisch.

»Ich habe Spitzbuben, Zimtsterne, Butterplätzchen, Nuss- und Kokosmakronen gemacht«, sagte Rosemarie leicht überheblich. Natürlich führte sie meine Unlust zu backen auf mangelndes Können zurück und wollte nun entsprechend gelobt werden.

»Die Plätzchen sehen köstlich aus«, gab ich ungelogen zu und probierte gleich einen der Spitzbuben. »Ausgezeichnet, Frau Würmtaler, so hätte ich sie nie hingekriegt!«

Rosemarie Würmtaler taute auf, ein Lächeln huschte über ihr Gesicht. »Spitzbuben waren die Lieblingsplätzchen von Rudi. Rudis Frau kommt wegen der Arbeit in der Metzgerei nicht zum Backen, deshalb habe ich immer die ganze Familie versorgt.«

»Sehr praktisch«, gab ich zu, »und ich fühle mich außerordentlich geehrt, dass ich jetzt auch in diesen Genuss komme.«

»Sie hätten allerdings schon Zeit zum Backen, Frau Kuckuck!«, meinte sie in strengem Lehrerton. »Sie arbeiten schließlich nur abends in diesem Lokal.«

Aha, Rosemarie hatte sich über mich erkundigt, ich konnte

mich jedenfalls nicht daran erinnern, dass ich ihr von meiner Weinstube erzählt hatte.

»Sie unterschätzen den Beruf einer Wirtin, Frau Würmtaler.«

Rosemarie fiel mir gleich ins Wort, bevor ich sie über die Tätigkeiten einer Wirtin während des Tages aufklären konnte. »Frau Kuckuck, machen Sie mir nichts vor, Sie wollen nicht backen, weil Sie keine Begabung dafür haben. Sie haben Angst, dass der Schwiegermutter Ihrer Tochter Ihre Plätzchen nicht schmecken. Nur weil ich für Ihre Situation Verständnis habe, bin ich Ihnen jetzt behilflich.«

Lass sie reden, dachte ich mir, es war schließlich egal, aus welcher Motivation heraus sie meine Plätzchen backte.

Wir füllten gemeinsam die Plätzchen in meine mitgebrachten Dosen um, dann gingen wir zum Teetrinken ins Wohnzimmer. Zufrieden stellte ich fest, dass Frau Würmtaler Bernadette nicht zum Tee eingeladen hatte, jedenfalls stand kein Gedeck auf dem Tisch, als wir das Wohnzimmer betraten.

Rosemarie trank einen Schluck Tee und sagte: »Wir sollten besprechen, welche Plätzchen Sie noch haben möchten, manche sind nicht jedermanns Geschmack.« Sie schlug mir einige der bekannteren Sorten vor und schrieb eifrig mit. Nachdem wir uns auf fünf weitere Sorten geeinigt hatten, fand ich, dass es damit auch genug war. Ich wollte die Hilfsbereitschaft der alten Dame nicht ausnützen.

Wir tranken stumm unsere Tassen aus und starrten vor uns hin.

»Woher kennen Sie sie?«, fragte Rosemarie ernst, ohne Bernadettes Namen auszusprechen.

Endlich hatte Rosemarie das Bedürfnis, über das Thema zu sprechen.

»Ich kenne sie aus dem Chor. Sie ist vor ein paar Monaten in unseren Neustifter Kirchenchor eingetreten und verpestet seitdem die Stimmung.« Irgendwie dachte ich, ich wäre Rosemarie den Grund für die offen gezeigte Feindseligkeit zwischen Bernadette und mir schuldig.

Ich beobachtete Rosemarie genau, sie zeigte keine Regung. War Bernadette heute Morgen unter irgendeinem Vorwand hier hereingeschneit, um Rosemarie auszuhorchen, so wie ich es vor zwei Tagen versucht hatte? Nein, Bernadettes Reaktion auf meine Anwesenheit in diesem Haus war so heftig, dass da mehr dahinter stecken musste. Kannten sich die beiden womöglich schon länger? Ich hatte das Gefühl, dass ich in eine äußerst private Angelegenheit hineingeplatzt war.

Rosemarie schaute wieder auf den Zettel mit den Plätzchensorten. Sie hatte nicht die Absicht, weiter mit mir über Bernadette zu sprechen. Mist, es drängte mich, ihr einige Fragen zu stellen, gleichzeitig wusste ich jedoch, dass ich dadurch das zwar nicht besonders enge, aber doch gute Verhältnis zu ihr gefährden würde. Rosemarie sah zu mir hoch und schien mich schon wieder zu durchschauen.

»Frau Kuckuck, falls Sie darauf warten, dass ich mit Ihnen über Rudis Probleme spreche, muss ich Sie leider enttäuschen. Der Herrgott weiß, dass ich verschwiegen bin wie ein Grab.«

»Frau Würmtaler, Sie haben eine völlig falsche Vorstellung von mir. Ich kann Ihnen nur sagen, dass Sie mir absolut vertrauen können«, wirkte ich sanft auf sie ein.

»Frau Kuckuck, ich habe gute Gründe, niemandem zu trauen. Was natürlich nicht heißen soll, dass ich etwas gegen Sie habe.«

»Da bin ich aber froh«, quittierte ich diesen unerwarteten Ausbruch an Zuneigungsbekundung mit Wohlgefallen. »Was denken Sie, wann werden Sie mit den nächsten Plätzchen fertig sein?«, kam ich wieder auf ein versöhnliches Thema zurück.

»In zwei, drei Tagen, ich werde Sie anrufen.«

Wir standen auf und luden gemeinsam die bis obenhin gefüllten Plätzchendosen ins Auto. Ich bedankte mich noch einmal überschwänglich und verabschiedete mich.

Was war das für ein mysteriöser Auftritt von Bernadette gewesen, dachte ich auf der Rückfahrt. Weshalb hatte sie Rosemarie in diesem eisigen Ton mit dem Tod ihres Bruders und mit dem Tod des Privatdetektivs konfrontiert? Sollte das eine Drohung sein? Nein, irgendwie klang es eher wie ein Vorwurf. Aber was hatte Rosemarie mit den beiden Todesfällen zu tun? Und weshalb war Bernadette so ausgerastet, als sie mich bei Rosemarie gesehen hatte? Was hatte Rosemarie doch gleich zu mir gesagt? Sie würde bestimmt nicht mit mir über die Probleme ihres Bruders sprechen. War Bernadette ein Problem von Rudi? Rosemarie wusste jedenfalls wesentlich mehr, als aus ihr herauszubekommen war. Noch, sagte ich mir, vielleicht würde es mir ja gelingen, ihr Vertrauen zu gewinnen.

14.

Wieder zu Hause rief ich Lilli an und berichtete ihr erst einmal vom gestrigen Überfall. Lillis Nervenkostüm war nicht das Beste, sie riet mir dringend, den Vorfall mit Kommissar Scheffel zu besprechen.

»Und selbst wenn es nur die verrückte Beate war, so etwas kann man doch nicht einfach hinnehmen! Wer weiß, was ihr als Nächstes einfällt. Diese Frau ist dir körperlich weit überlegen.«

»Aber ich habe doch keine Beweise, dass sie es war«, gab ich zu bedenken.

»Um so schlimmer! Mensch, Maja, der schöne Rudi ist letzte Woche erschossen worden, und der Täter läuft immer noch frei herum. Und wenn man diesen Zettel mit der Drohung richtig deutet, war der Tod des Privatdetektivs auch kein Unfall. Hast du denn gar keine Angst?«

»Vor Beate habe ich ehrlich gesagt keine Angst, ich glaube, man kann mit ihr reden, auch wenn sie plemplem ist.«

»Und wenn Beate Rudi erschossen hat?«

»Das kann ich mir nicht vorstellen, sie hat den Mann abgöttisch geliebt.«

»Vielleicht hat er ihre Liebe nicht erwidert, oder er wollte sich von ihr trennen, was dann?«, fragte Lilli provokativ.

Natürlich konnte man nicht ausschließen, dass Beate Rudi im Affekt erschossen hatte, trotzdem hielt ich es für sehr unwahrscheinlich. »Lilli, meine Nase sagt mir, dass der Hund ganz woanders begraben liegt.« Ich berichtete meiner Freundin von der Begegnung mit Bernadette bei Rosemarie.

»Vielleicht ist Bernadette irgendwie mit Würmtalers verwandt und es geht um Erbstreitigkeiten«, meinte Lilli, als ich geendet hatte.

»Hm«, dachte ich laut, »aber wie soll man das je herausfinden, wenn keiner etwas verrät?«

»Ach, da fällt mir ein, dass ich Ruth vorhin beim Bäcker getroffen habe«, wechselte Lilli plötzlich das Thema. »Sie hat mir gesagt, dass sie heute Abend in der Chorprobe eine Bombe platzen lassen wird!«

»Was? Und mehr hat sie nicht gesagt?«

»Doch, sie hat gesagt, dass du dich freuen wirst. Womöglich hat es ja etwas mit Bernadette zu tun.«

»Na, da bin ich aber gespannt«, meinte ich aufgeregt.

»Glaubst du, dass Bernadette tatsächlich kommt, obwohl sie dem Thurgau doch gesagt hat, dass sie aus dem Chor austreten will?«

»Ich gehe jede Wette ein, dass sie heute Abend auf ihrem Platz sitzen wird, als ob nichts gewesen wäre«, war ich mir sicher.

»Wir werden ja sehen«, meinte Lilli skeptisch. »Aber jetzt gehst du erst einmal zur Polizei, Maja«, ermahnte sie mich erneut.

»Ach was, da muss ich mir bloß dumme Sprüche anhören, warum ich gestern nicht gleich gekommen bin, wegen der Spurensicherung und so weiter. Glaube mir, der falsche Perchte war Beate!«

Ich verabschiedete mich von Lilli und bereitete mir ein leichtes Mittagessen zu.

Um zwanzig vor acht machte ich mich gespannt auf den Weg zur Chorprobe. Ich war viel zu früh dran, außer ein paar jungen Sopranistinnen und unserem Chorsprecher Ullrich war noch niemand da. Wo blieb denn Ruth? Natürlich hatte ich gehofft, dass sie ihre Bombe noch vor der Probe platzen lassen würde. Der Probenraum füllte sich, aber von Ruth keine Spur. Da ging die Tür auf, und Bernadette betrat mit einem hollywoodreifen Lächeln den Saal. Sie grüßte nach allen Seiten und setzte sich wie selbstverständlich auf ihren Platz, dort studierte sie die Chornoten, die Ullrich zuvor auf den Stühlen verteilt hatte.

Ich stand mit ein paar Bässen beim Smalltalk herum und

wollte mich erst setzen, wenn die Probe begann. Verdammt, es war bereits eine Minute vor acht, und Ruth war immer noch nicht gekommen. Herr Thurgau klopfte mit seiner Stimmgabel aufs Notenpult, was bedeutete, dass er anfangen wollte. Wortlos setzte ich mich neben Bernadette auf meinen Platz und richtete meine Aufmerksamkeit sowohl auf Herrn Thurgau als auch auf die Tür.

»Bis auf Frau Scheffel sind wir vollzählig«, stellte Herr Thurgau mit heiterer Miene fest. Nanu, normalerweise ärgerte er sich immer maßlos über unentschuldigte Zuspätkommer, aber die Entscheidung seiner geliebten Bernadette, nun doch nicht aus dem Chor auszutreten, stimmte ihn nahezu euphorisch. »Weihnachten steht vor der Tür, meine lieben Chormitglieder, und wir wollen singen und jubilieren und uns auf die Ankunft des Herrn freuen.«

Lilli warf mir einen amüsierten Blick zu. Die Tür ging auf, endlich kam Ruth zur Probe. Sie hängte seelenruhig ihren Mantel über einen Kleiderbügel am Garderobenständer und setzte sich schließlich ohne Eile auf ihren Stuhl in der zweiten Reihe, obwohl Herr Thurgau seine Rede so lange unterbrach, bis sie saß.

»Dann wollen wir das Programm für unser Weihnachtskonzert durchgehen und uns von den erhebenden Klängen der herrlichen Kompositionen mittragen lassen!«

Es war mir fast lieber, wenn Herr Thurgau unausstehlich war, gestand ich mir ein, dieses schwülstige Gelaber würde ich auf Dauer nicht ertragen können.

Wir arbeiteten uns durchs Programm, Bernadette zirpte eifrig neben mir her und ließ sich nicht beirren, wenn ich gelegentlich einen Brüller losließ, um sie zu provozieren. Herr Thurgau schwebte auf Wolke sieben und fand alles schön, was wir von uns gaben. Ungeduldig sah ich auf die Uhr, noch eine halbe Stunde, bis Ruth ihre Katze aus dem Sack lassen konnte.

Nachdem wir endlich das letzte Stück unseres Konzertprogramms zu Ende gesungen hatten, zog Herr Thurgau einen Stapel Noten aus seiner Aktenmappe und wedelte damit vor dem Chor herum, als handle es sich um eine große Überraschung.

»Für das Drei-Königs-Fest habe ich dieses Mal ein besonderes Schmankerl ausgesucht, wir werden ›Drei Kön'ge wandern‹ von Cornelius singen.«

Ein freudiges Raunen ging durch den Chor, wir hatten das wunderschöne Stück regelmäßig bei unserem früheren Chorleiter gesungen und liebten es. Es war ein Werk für Alt- oder Basssolo mit Chorbegleitung. Unser damaliger Chorleiter hatte dafür stets einen befreundeten Basssolisten engagiert, der das Solo gesungen hatte, der Chor unterlegte die herrliche Melodie mit dem Choral »Wie schön leuchtet der Morgenstern«. In meinen kühnsten Träumen hatte ich mir damals immer ausgemalt, wie es wäre, wenn der Basssolist am Tag der Aufführung heiser würde und ich einspringen müsste. Natürlich hatte ich das Stück täglich geübt, sodass ich bestens für den Ernstfall gewappnet gewesen wäre, aber der Solist war nie krank.

Mir kam ein Gedanke, der mich vor Freude fast platzen ließ. Das Solo! Wir hatten keinen Bass im Chor, der den Solopart stimmlich bewältigen konnte, man musste schließlich den ganzen Chor übertönen, und das konnte nur ich! Mir stiegen Tränen des Glücks in die Augen, dass ich das noch erleben durfte. Am liebsten wäre ich aufgesprungen und hätte den Thurgau umarmt. Das war das schönste Weihnachtsgeschenk, das er mir machen konnte!

»Meine lieben Chormitglieder, da wir auch in unseren eigenen Reihen über ausgezeichnete Sänger und Sängerinnen verfügen, habe ich mich entschlossen, den Solopart aus dem Chor heraus zu besetzen. Sie werden es sicher ahnen, dass es sich um eine sehr geschätzte Altistin handelt, die ich dafür auserwählt habe.«

Was für ein Augenblick! Meine Familie mitsamt Violas Schwiegermutter mussten unbedingt ihren Aufenthalt bei mir um ein paar Tage verlängern, dann würde ich sie mit einem feierlichen Höhepunkt überraschen, der nicht zu überbieten war.

Ich konnte meine Tränen kaum noch zurückhalten, mit verschwommenem Blick sah ich Herrn Thurgau auf mich zukommen. Gerührt streckte ich die Hand aus, um das Notenblatt in Empfang zu nehmen, doch meine Hand griff ins Leere.

Es dauerte ein paar Sekunden, bis ich die schreckliche Wahrheit realisierte. Ich hatte soeben eine der größten Niederlagen meines Lebens erlitten. Bernadette Sieger hielt triumphierend die Solonoten in der Hand, und der Chor klatschte. Zwar verhalten, aber er klatschte. Ich drehte mich um, um zu sehen, wer die Verräter waren. Außer ein paar jungen Sopranistinnen konnte ich niemanden mehr ertappen, da der Beifall sofort verstummte. Ruth hob den Zeigefinger in die Höhe und winkte.

»Was gibt es denn, Frau Scheffel«, fragte Herr Thurgau lächelnd.

»Ich hätte eine organisatorische Frage wegen unserer Weihnachtsfeier zu klären.«

»Hat das nicht Zeit bis nach der Probe?«, fragte Herr Thurgau nach wie vor gut gelaunt.

»Schlecht, weil nach der Probe viele Leute immer gleich weg müssen.«

»Na schön, Frau Scheffel, aber fassen Sie sich bitte kurz«, genehmigte er Ruth ihre Frage.

»Ich wüsste gerne, wer zur Weihnachtsfeier seinen Partner mitbringt«, fragte Ruth in die Menge.

Ungefähr die Hälfte der Chormitglieder hob den Finger, Ruth zählte von der hintersten Reihe an laut ab. Als sie auch die erste Reihe durchgezählt hatte, meinte sie plötzlich: »Was ist mit dir, Bernadette, bringst du deinen Mann nicht mit?«

Mit einem Mal wurde es mucksmäuschenstill, alle starrten zu Bernadette. »Nein, mein Mann arbeitet während der Woche in Stuttgart«, sagte Bernadette leise, aber deutlich.

Kaum hatte sie den Satz ausgesprochen, setzte ein allgemeines Gemurmel ein, Ruth zwinkerte mir zu.

»Das war's schon, Herr Thurgau«, beendete Ruth ihren großen Auftritt und setzte sich wieder.

Bernadette war keinerlei Regung anzumerken, sie saß aufrecht auf ihrem Stuhl und las die Noten ihrer Solostimme. Herr Thurgau stand da wie ein Häuflein Elend und sagte kein Wort. Das hatte gesessen! Es musste eine Welt für ihn zusammengebrochen sein. Mein Mitleid hielt sich allerdings in Grenzen. Noch vor fünf Minuten hatte er mir übel mitgespielt und mich vor dem ganzen Chor zur Nummer zwei im Alt degradiert, und vor ein paar Tagen wollte er mich sogar wegen seiner geliebten Bernadette aus dem Chor werfen. Ich war gespannt, wie er sich jetzt verhalten würde.

Er stellte sich gebückt hinter sein Notenpult und beugte den Kopf über die Partitur, dann meinte er deprimiert: »Lassen Sie uns anfangen«, wobei sich seine Stimme mehrmals überschlug. Er gab Bernadette den Ton und einen mehr als laschen Einsatz, wobei er vermied, sie direkt anzusehen.

Bernadette hauchte die erste Phrase wie eine schwachbrüstige Soubrette vor sich hin und unterstrich ihren pseudo-emotionalen Gesang doch glatt mit einer ausladenden Bewegung der rechten Hand. Sobald der Chor einsetzte, war nichts mehr von ihr zu hören. Herr Thurgau ließ das Stück noch eine Phrase lang weiterlaufen und brach dann ab.

»Frau Sieger, haben Sie mitgesungen?«, fragte er zynisch und richtete dabei die Augen zur Decke. »Ich habe nichts gehört.«

Keiner wagte etwas zu sagen.

Herr Thurgau gab Bernadette erneut den Einsatz und dirigierte weiter bis zur selben Stelle wie vorhin, dann ließ er den Kopf und die Arme schlaff nach unten fallen und verharrte in dieser merkwürdigen Position.

»Wir werden das Stück nicht singen«, sagte er schließlich bestimmt.

Ich räusperte mich mehrmals laut, aber Herr Thurgau nahm keine Notiz von mir.

»Und wenn Maja das Solo singt?«, schlug Lilli plötzlich vor.

Herr Thurgau stöhnte ein lautes »Ahhh«, als ob ihm jemand auf die Füße getreten wäre, ansonsten kam keine Reaktion.

Ich stand auf, nahm einen tiefen Atemzug und feuerte meine ganze Stimmkraft auf Herrn Thurgau: »Drei Kön'-ge wa-andern aus Mooor-gen-land!«

Herr Thurgau machte vor Schreck einen Satz nach hinten, kam ins Stolpern und landete unsanft auf dem Fußboden. Er setzte sich auf und sah mich an, als hätte ich ihm eine gescheuert. Ich war bestens bei Stimme, was das Klirren der Fensterscheiben bestätigte. Meine Mitsänger setzten pünktlich ein und begleiteten meinen ausdrucksstarken Gesang mit Begeisterung. Bernadette sang nicht mit, wie ich aus den Augenwinkeln heraus erkennen konnte. Wir setzten zum Schlussspurt an, ich legte eine hochdramatische Fermate auf »Herz« hin, sodass Herr Thurgau noch blasser wurde, als er ohnehin schon war. Der Chor brach in einen Beifallssturm aus, ich drehte mich um und ließ mich gebührend feiern.

Als ich mich wieder nach vorn wandte, stellte ich fest, dass Bernadette verschwunden war. Herr Thurgau hatte sich in der Zwischenzeit zumindest aufgestellt und stand schweigend hinter seinem Pult. Offenbar war er nicht gewillt, einen Kommentar zu meiner Interpretation abzugeben.

»Ich fühle mich nicht gut, die Probe ist beendet«, meinte er kurz und packte seine Noten zusammen.

So geht das aber nicht, dachte ich verärgert und marschierte zu ihm vor. »Und?«, fragte ich ungeduldig.

»Frau Kuckuck, es sind drei Könige, nicht dreißig«, meinte er lediglich.

»Immer noch besser als ein halber, oder?«, konterte ich.

Er zog wortlos seinen Mantel an und ging.

15.

Ein Großteil der Chorsänger war zusammen mit mir in die Weinstube umgezogen und saß bereits mit Getränken versorgt am reservierten Tisch.

»Respekt, Maja, der Sieger hast du gezeigt, wo der Bartl den Most holt!«, rief Wolfgang anerkennend.

»Aber der Thurgau schien mir nicht zufrieden zu sein«, warf Anneliese ein. Ich hatte nicht vergessen, dass Anneliese der Meinung war, Bernadette singe schöner als ich.

»Der Thurgau ist schwer angeschlagen, dem gefällt heute nichts mehr. Jedenfalls war das wieder einmal ein Beweis dafür, dass es auch ohne Dirigent geht«, meinte Thea. Sie war seit Jahren der Meinung, dass der Mann am Stöckchen völlig überflüssig war, man höre schließlich selbst, ob's stimmt oder nicht.

»Der Thurgau fängt sich schon wieder«, war sich Heribert sicher.

»Seht ihr, ich hatte doch recht«, meldete sich Hildegard auf einmal lautstark zu Wort. »Letzte Woche habe ich euch gesagt, dass Bernadette einen Freund hat. Damals wusste ich natürlich nicht, dass es ihr Ehemann war, mit dem ich sie beim Einkaufen gesehen habe.«

»Na, erzähl endlich, Ruth, wie hast du das herausgefunden?«, wollte Franziska wissen.

Ruth lehnte selbstgefällig auf ihrem Stuhl und hatte die Frage natürlich längst erwartet. »Das kann ich euch leider nicht sagen, meine Lieben, ich habe eben meine Quellen.« Sie genoss sichtlich ihre Rolle als bestes Tratschweib der Stadt. »Ihr Mann wird übrigens in einem halben Jahr nachziehen, er folgt dem Ruf als Professor für Brauwesen in Weihenstephan«, ergänzte sie großzügig.

»Also ich finde es unmöglich, was die Sieger mit dem armen

Thurgau für ein Spielchen getrieben hat«, mischte sich Hans ein. »Er steht doch jetzt da wie ein Depp!«

»Na hör mal«, ereiferte sich Anneliese, »sie hat ihn schließlich nicht angelogen! Wenn der Thurgau so blöd ist und nicht auf die Idee kommt, dass er sie nach ihrem Familienstand fragt, ist er doch selber schuld.«

»Aber sie hat keinen Ehering an«, verteidigte Hans unseren Chorleiter.

»Das ist heutzutage unmodern«, klärte ihn Anneliese auf.

»Stimmt überhaupt nicht!«, riefen einige Sänger durcheinander, eine heftige Diskussion über das Tragen oder Nichttragen von Eheringen entbrannte unter den Chormitgliedern.

Ich stand auf, zog einen freien Stuhl vom Nachbartisch weg und schob ihn neben Ruth. »Den Zeitpunkt für diese Enthüllung hättest du nicht besser wählen können«, bedankte ich mich artig.

»Aber Maja, du weißt doch, dass ich auf dem Gebiet unschlagbar bin«, lobte sie sich selbst.

»Und was hat dein Mann zu den Geschichten gesagt, die ich dir über Bernadette erzählt habe?«, fragte ich neugierig.

»Ach«, stöhnte Ruth ärgerlich, »er meinte lediglich, sie sei eben genauso neugierig wie du und ich. Manchmal habe ich fast das Gefühl, dass Theo mich nicht ernst nimmt.«

Mist, da hatte ich mir mehr erwartet.

Auf einmal legte Andreas seine Hand von hinten auf meine Schulter. »Kannst du mal kurz mitkommen, ich muss mit dir reden«, sagte er ernst.

Nanu, gab es irgendwelche Probleme? Ich folgte ihm in die Küche, er schloss die Tür.

»Ich bin gerade zu Tode erschrocken! Vorhin war ich im Hof und habe den Müll rausgebracht. Nachdem ich die Aschentonne wieder zugemacht habe, habe ich plötzlich gemerkt, dass jemand im Dunkeln neben mir steht. Ich bin sofort wieder ins Haus gegangen und habe die Taschenlampe aus dem Keller geholt, dann bin ich noch mal raus. Als ich in die besagte Ecke geleuchtet habe, stand da wieder diese dicke Frau, die schon zweimal hier war. Ich habe sie gefragt, was sie hier macht, dann hat sie gesagt, dass sie sich versteckt. Vor wem und warum, habe ich sie gefragt, daraufhin meinte sie lediglich, hier sei sie sicher. Wenn du mich fragst, hat die echt einen Sprung in der Schüssel!«

Was sollte das? Gestern hatte Beate mich im Kostüm überfallen, heute lauerte sie mir schon wieder auf! Sie hatte sicher nicht damit gerechnet, dass sie von Andreas entdeckt werden würde.

»Weißt du, dass mich diese Frau gestern im Hinterhof in einem Perchtenkostüm überfallen hat?« Ich berichtete dem staunenden Andreas vom gestrigen Vorfall.

»Wir sollten wirklich die Polizei informieren, die gehört in eine geschlossene Anstalt«, versuchte mich Andreas zu überzeugen.

»Steht sie noch draußen?«, fragte ich.

»Ich weiß es nicht. Sie hat gesagt, dass du bestimmt nichts dagegen hast, dass sie sich dort versteckt, dann bin ich wieder reingegangen. Sollen wir noch mal nachschauen, bevor wir die Polizei rufen?«

»Das machen wir«, schlug ich vor. Mit Andreas an meiner Seite konnte mir nichts passieren.

Wir öffneten die Tür zum Hinterhof, Andreas leuchtete Beate sofort mitten ins Gesicht. Sie hielt sich die flache Hand zum Schutz vor die Augen und blieb ruhig stehen.

»Beate, was machen Sie hier?«, fragte ich laut.

»Das sehen Sie doch, ich verstecke mich!«, rief sie sauer.

»Wollten Sie mich wieder überfallen, so wie gestern?«

»Jetzt fangen Sie auch noch an zu spinnen«, war ihr einziger Kommentar.

»Vor wem verstecken Sie sich?«, fragte Andreas.

»Na, vor der Frau! Der Alex hat gesagt, dass ich nicht mehr mit der Frau reden darf, sonst wirft er mich raus. Und als ich mir vor einer halben Stunde einen Döner holen wollte, habe ich plötzlich gemerkt, dass die Frau schon wieder hinter mir herfährt. Dann bin ich über die Korbinianbrücke gelaufen, da dürfen Autos nämlich nicht fahren, und dann hat sie mich nicht mehr gefunden.«

Ich war hin- und hergerissen, ob ich ihr glauben sollte. »Beate, was war das für ein Auto, in dem Ihnen die Frau hinterhergefahren ist?«

»Ein silbernes«, sagte sie kurz.

»Sollen wir jetzt die Polizei holen oder nicht?«, fragte Andreas ungeduldig. »Ich friere.«

Auch ich stand vor Kälte zitternd ohne Mantel da. »Beate, ich werde Ihnen jetzt ein Taxi rufen, und dann fahren Sie nach Hause. Und wenn Sie diese Frau wieder belästigt, dann holen Sie eben die Polizei.«

Andreas sah mich perplex an, sagte aber nichts.

»Sie können sich vor den Haupteingang stellen, das Taxi wird gleich da sein«, erklärte ich ihr, dann ging ich mit Andreas wieder hinein.

»Also manchmal verstehe ich dich wirklich nicht, du hast doch gesagt, dass sie dich gestern überfallen hat, wieso lässt du sie jetzt einfach gehen?«, fragte Andreas fassungslos.

»Und was ist, wenn sie es doch nicht war und sie die Wahrheit gesagt hat?«, gab ich zu bedenken.

»Ich finde das ziemlich leichtsinnig. Jedenfalls würde ich an deiner Stelle nicht mehr allein in den Hinterhof gehen.«

»Versprochen«, beruhigte ich ihn.

Während ich in der Weinstube ein paar Pils zapfte, fragte ich mich, woher Beate wissen sollte, dass Bernadette ein silbernes Auto fuhr. Es musste etwas dran sein an Bernadettes Verfolgungsfahrten, anders konnte ich mir die Sache nicht erklären.

16.

Das Telefon riss mich am Samstagmorgen aus dem Schlaf. Ärgerlich blinzelte ich auf den Wecker neben dem Bett und stellte fest, dass es bereits halb zehn war. Der gestrige Abend im Kreise meiner Chorkollegen hatte sich ziemlich in die Länge gezogen, einige Chorsänger waren nach Weinstubenschluss noch mit zu mir in die Wohnung gekommen und hatten in feuchtfröhlicher Runde nach einer potenziellen Heiratskandidatin für Herrn Thurgau gesucht. An das Endergebnis konnte ich mich nicht mehr erinnern.

»Kuckuck«, grunzte ich ins Telefon.

»Ich bin's, Mama. Ich bin ja so froh, dass du die Kunsttanne akzeptiert hast, ich hatte schon befürchtet, du würdest einen Aufstand machen«, sagte meine Tochter erleichtert.

Ich setzte mich erst einmal auf, das Thema war zu ernst, als dass man es im Liegen besprechen konnte. »Meine liebe Viola, diese Geschmacklosigkeit wird in meinem Haus niemals auch nur einen einzigen Gummiast aus dem Karton strecken, das garantiere ich dir!«

»Aber Salvatore hat doch gesagt, dass du dich wahnsinnig gefreut hast!«

»Salvatore denkt auch, er sei der Traum aller Schwiegermütter.«

Viola seufzte. »Ich habe mir gleich gedacht, dass er dich falsch verstanden hat. Und, was machen wir jetzt?«

»Ich habe eine wunderbare Nordmanntanne gekauft, unter der wir gemeinsam ›Oh Tannenbaum‹ und nicht ›Oh Plastikbaum‹ singen werden.«

»Aber das kannst du mir doch nicht antun, Maria wäre tief gekränkt!«

»Das nehme ich in Kauf«, entgegnete ich entschlossen.

»Mama, bitte, tu's für den Familienfrieden.«

»Nix da«, blieb ich stur.

Viola war stinksauer, das spürte ich, auch ohne dass sie etwas sagte.

»Was wünscht sich denn mein werter Schwiegersohn von mir zu Weihnachten?«, lenkte ich vom Streitthema ab.

Viola keifte: »Einen Schlafanzug.«

»Und Maria?«

»Einen Maßkrug.«

»Was?«

»Du hast richtig gehört, das ist für sie eben der Inbegriff von Bayern.«

Ich schmiss mich zurück aufs Bett und lachte schallend los. Marias Wunsch, mit einem Maßkrug unterm Plastikbaum bayerische Weihnachten zu feiern, amüsierte mich köstlich.

»Ich weiß nicht, warum du so gut gelaunt bist, wir haben ein Problem!«, schimpfte Viola.

»Mir wird schon was einfallen«, meinte ich schließlich. »Stell dir vor, was es bei uns alles Neues gibt«, beendete ich endgültig das leidige Christbaumthema und berichtete Viola vom Überfall im Hof. Ich erwähnte auch meinen Verdacht gegen Beate und Alex' Zweifel an ihrer Zurechnungsfähigkeit.

»Also ich weiß nicht, Mama, ich finde, du solltest zur Polizei gehen. Warum bist du dir denn so sicher, dass Beate in dem Kostüm gesteckt hat? Und woher willst du überhaupt wissen, dass dir dieser Alex nicht einen Bären über Beate aufgebunden hat? Vielleicht ist sie gar nicht plemplem, und er will sie dadurch nur unglaubwürdig machen.«

»Hm, trotzdem ist Beate meiner Meinung nach nicht ganz dicht«, antwortete ich.

»Womöglich bildest du dir das nur ein, weil du jetzt voreingenommen bist.«

Ob da was dran war? Jedenfalls konnte es nicht schaden, sich diesen Alex noch einmal genauer anzusehen.

Ich verabschiedete mich von meiner Tochter und stand auf. Nach dem Frühstück würde ich meine Wurst- und Fleischwaren für die nächsten Tage in der Metzgerei Würmtaler einkaufen.

Dieses Mal hatte ich Glück und fand sofort einen Parkplatz in der Erdinger Straße. Ich stöckelte in meinen neuen, todschicken Schlangenlederpumps die paar Meter zur Metzgerei Würmtaler vor und betrat das Geschäft. Auch heute standen die Kunden zweireihig an, die Metzgerei schien also tatsächlich gut zu gehen.

Ich stellte mich an das Ende der Schlange und sah mich um. Beate war mit dem Abschneiden einiger Steaks von einem großen Stück Fleisch beschäftigt und hatte mich nicht bemerkt. Die ältere Verkäuferin bediente eine brünette Frau und spießte verschiedene aufgeschnittene Wurstsorten auf eine große Gabel. Helga Würmtaler war nicht im Laden, aber ich konnte ihre schrille Stimme durch die Tür aus dem Raum hinter der Theke hören. Da kam Alex mit einem großen Stück Fleisch aus der Tür und brachte es zu der Kundin, für die gerade der Wurstaufschnitt abgewogen wurde.

»Jetzt schaun S' her, Frau Hirngiebel, ist der Braten so recht?«

»Wunderbar, Herr Würmtaler, genau wie ich ihn haben wollte. Wo kommt das Fleisch denn diese Woche her? An der Tafel steht gar nichts.«

»Ach, habe ich das vergessen?«, meinte Alex mit Blick zur Schiefertafel an der Wand. »Das Fleisch kommt vom Viereckbauern in Hohenbercha. Top geführter Hof, kann ich nur sagen, Eins-a-Tierhaltung.«

»Das ist heutzutage das Wichtigste, dass man weiß, wo's herkommt. Bei dem ganzen Gammelfleisch im Fernsehen könnte einem manchmal wirklich der Appetit vergehen, aber Gott sei Dank haben wir ja einen Metzger unseres Vertrauens«, meinte die Kundin zu den umstehenden Leuten, die eifrig nickten.

»Das kann sich aber nicht jeder leisten«, meinte eine aufgebrezelte Dame im Pelzmantel, »das Fleisch im Supermarkt ist natürlich billiger.«

»Qualität hat eben ihren Preis, Frau Klirr«, fühlte sich Alex genötigt zu sagen. »Wenn man nicht bereit ist, für Qualität etwas mehr zu bezahlen, wird es bald keine Qualitätsprodukte mehr geben.«

»Aber schlecht geht's Ihnen bestimmt nicht, Herr Würmtaler, oder?«, sagte die Pelzmantel-Dame doch glatt.

»Wir kalkulieren äußerst knapp, damit Sie sich unsere Ware auch noch leisten können, Frau Klirr«, schoss Alex zurück.

Die Tür des Hinterzimmers ging auf, und ich traute meinen Augen nicht: Der gockelhafte Eiskavalier kam gefolgt von Helga Würmtaler in den Geschäftsraum, klopfte Alex auf die Schulter und sagte: »Halt die Ohren steif!«

»Ciao, Heinzi«, grüßte dieser zurück, dann verließ der Eiskavalier durch die Ladentür das Geschäft.

In meinem Gehirn ratterte es, der Name »Heinzi« war mir doch früher schon öfter begegnet. Natürlich! Der Heinzi war Rudis bester Kumpel gewesen, als ich damals mit ihm zusammen war. Die Freundschaft hatte also allem Anschein nach bis zu Rudis Tod gehalten. Jetzt verstand ich auch Heinzis Verhalten auf dem Eisplatz. Ich war ihm irgendwie bekannt vorgekommen, aber natürlich hatte ich mich in den letzten vierzig Jahren verändert. Und dass er so eigenartig reagiert hatte, als ich sagte, ich sei im Neustifter Kirchenchor, erklärte sich dadurch ebenfalls, bestimmt wusste er, wo sein Freund gestorben war. Der Heinzi, sieh an, sieh an. Er war damals mindestens so ein Schwerenöter wie Rudi gewesen, nur dass der Rudi erheblich besser aussah. Heute musste ich zugeben, dass Heinzi sich über die Jahre gut gehalten hatte. Sein weißes Haar war voll, und das braun gebrannte Gesicht ließ ihn jünger wirken, als er tatsächlich sein musste.

Die Schlange in der Metzgerei war auf einmal sehr geschrumpft, da Alex und seine Mutter mitbedienten. Als es so aussah, als würde ich bei Helga Würmtaler landen, sagte ich der Dame hinter mir, sie könne vorgehen, ich wolle noch ein Glas Gürkchen aus dem Regal holen. Tatsächlich gelang es mir schließlich, bei Alex an die Reihe zu kommen. Beate hatte mich in der Zwischenzeit natürlich längst entdeckt und beäugte mich misstrauisch.

»Frau Kuckuck, das ist aber nett, dass Sie auch mal bei uns reinschauen«, begrüßte mich Alex. Seine Mutter musterte mich sofort von Kopf bis Fuß und grüßte mich mit einem reservierten »Guten Tag«.

»Was hätten Sie denn gerne?«, fragte Alex höflich. Ich las meinen Einkaufszettel der Reihe nach vor und beobachtete Beate, während Alex mein Gulasch schnitt.

»Hallo, Beate«, sagte ich laut.

Sie sah mich mit leerem Blick an und meinte: »Kennen wir uns?«

Alex atmete laut aus. Er sah zu mir hoch und flüsterte: »Ich hab's Ihnen ja gesagt.«

Viola lag mit ihrer These doch daneben, wurde mir spätestens jetzt klar, die Frau war wirklich nicht ganz bei Verstand. Alex hingegen machte wie bei unserem ersten Aufeinandertreffen einen sehr sympathischen Eindruck. Nein, ich zweifelte nicht daran, dass er mir die Wahrheit über Beates Zustand gesagt hatte. Als ich bezahlt hatte, verabschiedete ich mich von Alex und ging zur Tür.

»Auf Wiedersehen, Frau Kuckuck, und beehren sie uns bald wieder!«, rief mir Helga Würmtaler übertrieben freundlich hinterher. Da ich heute nicht nur eine Leberkässemmel gekauft hatte, schien ich ihr diesmal einen Abschiedsgruß wert zu sein. Geldgierige Person, dachte ich, aber zweifellos eine gute Geschäftsfrau.

Da es so kalt war, dass ich die Metzgerware problemlos in meinem Auto liegen lassen konnte, entschloss ich mich spontan, noch einen Abstecher in die Innenstadt zu machen. Je eher ich Marias und Salvatores Weihnachtsgeschenke besorgen würde, desto stressfreier konnte ich den Festtagen entgegensehen. Ich parkte in der Kammergasse und zog sicherheitshalber einen Parkschein aus dem Automaten. Samstagvormittag war immer gefährlich, da lauerte die Knöllchentante bestimmt hinter irgendeiner Ecke. Auf Smalltalk am Wochenmarkt hatte ich überhaupt keine Lust, also nahm ich eine Abkürzung über die Amtsgerichtsgasse und an Sankt Georg vorbei. Auf Zehenspitzen balancierte ich geschickt von Kopfstein zu Kopfstein. Für Nicht-Freisinger musste meine Fortbewegungstechnik bescheuert aussehen, aber meine Designerpumps waren mir wichtiger als die Blicke der Leute.

Ich erstand einen Maßkrug bei Haushaltswaren Grimm und ging zurück zum Marienplatz, um im Wäsche- und Modegeschäft Filou den Schlafanzug für Salvatore zu erwerben.

»Grüß Gott, Frau Kuckuck!«, begrüßte mich die freundliche Dame in dem Geschäft. »Sie brauchen bestimmt wieder ein paar Socken für den werten Herrn Schwiegersohn, stimmt's«, fragte sie charmant.

»Nein, dieses Jahr soll es ein Schlafanzug sein«, klärte ich sie auf.

Die Verkäuferin legte die Stirn in Falten. »Ein Schlafanzug? Da schaut es schlecht aus, Frau Kuckuck.«

»Sind alle schon ausverkauft?«, fragte ich ungläubig.

»Ausverkauft? Sie machen Scherze. Wir führen schon seit Jahren keine Schlafanzüge mehr, weil sie nicht gekauft werden. Der Freisinger trägt keine Schlafanzüge, sie werden nirgendwo welche finden.«

»Was? Aber wie geht denn der Freisinger normalerweise ins Bett?«, flüsterte ich, da der junge Herr, der sich bei den Hemden umsah, etwas pikiert zu uns herüber blickte.

»Im Unterhemd oder in einem alten T-Shirt«, murmelte die Verkäuferin hinter vorgehaltener Hand.

»Nein!«, rief ich empört.

»Doch!«, entgegnete die Verkäuferin bestimmt.

Der junge Mann verließ hektisch das Geschäft.

»Aber wie soll ich das meinem Schwiegersohn und Violas Schwiegermutter beibringen? Was wirft denn das für ein Licht auf unsere Männer?«, fragte ich hilflos.

»Tja, Frau Kuckuck, da kann ich Ihnen leider auch nicht helfen. Wie wär's stattdessen mit einer schönen Krawatte? Wir haben erst letzte Woche die neuen italienischen Muster hereinbekommen, damit wären Sie auf der sicheren Seite.«

Nach kurzer Überlegung stimmte ich zu und ließ mir eine bunte italienische Designerkrawatte einpacken, die die Verkäuferin als elegant-seriös einstufte. Immer noch besser, als wenn ich mit leeren Händen dastünde. Ich verließ das Geschäft, sauste am Wochenmarkt vorbei und stöckelte zurück zu meinem Auto.

Als ich das Fleisch und die Wurst zu Hause im Kühlschrank verstaut hatte, hörte ich meinen Anrufbeantworter ab.

»Guten Morgen, Frau Kuckuck. Wenn Sie aufgestanden sind, können Sie die nächsten Plätzchen abholen, sie sind fertig.«

Mein Anrufbeantworter hatte den Anruf um elf Uhr zwanzig registriert. Was dachte Rosemarie Würmtaler eigentlich über meinen Lebenswandel?

17.

Es war halb eins, als ich trotz Hunger wieder in mein Auto stieg und mich auf den Weg nach Wippenhausen machte. Womöglich wartete die alte Dame auf mich. Mein Magen knurrte. Hätte ich in der Metzgerei doch bloß eine Leberkässemmel mitgenommen, ärgerte ich mich.

Als ich in den Hof einbog, sah ich einen weißen Lieferwagen mit Freisinger Kennzeichen vor dem Haus stehen. Ich stellte mich daneben, stieg aus und klingelte. Nach einer ganzen Weile öffnete Rosemarie in einer bunten Küchenschürze.

»Ach, Frau Kuckuck!«, rief sie mir stöhnend entgegen. Offenbar kam ich in einem unpassenden Moment, vielleicht wollte sie gerade essen.

»Mögen Sie saures Lüngerl?«, fragte sie noch in der Tür stehend. Verlockende Duftschwaden kamen mir entgegen.

»Ich liebe saures Lüngerl, aber ich kann mich doch nicht bei Ihnen zum Essen einladen, wo Sie doch sowieso schon so viel für mich getan haben.«

»Kommen Sie nur herein, Frau Kuckuck, es ist genug da!«, rief eine Männerstimme aus dem Haus.

»Mein Neffe«, sagte Rosemarie, während sie mir die Tür aufhielt. Ich ging in die Küche, in der Alex Würmtaler mit einer Flasche Bier am Küchentisch saß.

»Lange nicht mehr gesehen, was?«, begrüßte er mich lachend. »Ich bringe Tante Rosemarie am Samstagmittag immer ein paar Leckereien vorbei. Heute hat sie mich geschimpft, weil wir das saure Lüngerl schon fix und fertig gekocht haben.« Er grinste seine Tante an, die grimmig dreinschaute.

»Wenigstens die Semmelknödel dazu mache ich selbst«, meinte Rosemarie störrisch und ließ die bereits geformten Knödel mit einem Löffel vorsichtig ins heiße Wasser gleiten.

»Die Teller sind rechts oben im Schrank, Besteck ist hier«, forderte sie mich unmissverständlich zum Tischdecken auf.

»Essen Sie mit, Herr Würmtaler?«, erkundigte ich mich bei Alex.

»Nein, nein, ich trinke nur mein Bier aus, dann muss ich weiter.«

»Seine Bräute warten«, keifte Rosemarie zynisch.

Ich wusste nicht genau, ob es sich beim Tonfall zwischen den beiden um ein liebevolles Necken oder um ernst zu nehmende Differenzen handelte. Alex wirkte bestens gelaunt, Rosemarie eher griesgrämig.

Als ich mit dem Decken fertig war, setzte ich mich Alex gegenüber an den Küchentisch. Rosemarie zog es vor, am Herd stehend ihre Semmelknödel zu bewachen.

»Wie geht es denn nun mit Beate weiter?«, fragte ich Alex geradeheraus.

Rosemarie sah mich verwundert an.

»Das wissen wir selber noch nicht. Meine Mutter meint, wir sollten sie behalten, ich wäre eher für das Gegenteil. Ich kann ihre Fantasiegeschichten nicht mehr hören. Ich habe ihr gesagt, wenn sie mir noch einmal diesen Schwachsinn mit der Frau erzählt, die sie verfolgt, dann werde ich ihr kündigen.«

»Und wenn es diese Frau tatsächlich gibt?«, fragte ich vorsichtig.

»Dann soll sie endlich zur Polizei gehen und eine Anzeige wegen Belästigung aufgeben. Warum tut sie das denn nicht? Der Grund liegt für mich auf der Hand!« Alex trank den letzten Schluck von seinem Bier und stand auf. »Glauben Sie mir, Frau Kuckuck, irgendwie tut sie mir auch leid, aber es ist etwas anderes, wenn man so etwas tagtäglich aushalten muss.«

Er ging an seiner Tante vorbei, gab ihr ein paar sanfte Klapse auf die Schulter und verabschiedete sich: »Also, Tantchen, dann mach's gut. Auf Wiedersehen, Frau Kuckuck, und schauen Sie wieder mal zu uns rein.«

Alex ging hinaus und zog die Haustür ins Schloss.

Rosemarie hob vorsichtig die Knödel aus dem Wasser, legte

sie in die Mitte von unseren Suppentellern und goss mit einem großen Schöpflöffel die Sauce mit dem sauren Lüngerl darüber. Sie servierte die Teller an den Tisch und setzte sich, dann sprach sie ein kurzes Tischgebet und wünschte schließlich »Guten Appetit«.

Wir aßen stumm, es schmeckte hervorragend. Ich überlegte, ob es geschickt war, das Essen zu loben, das sie schließlich nicht selbst gekocht hatte, und ließ es lieber bleiben.

»Sind Sie satt geworden oder möchten Sie noch etwas?«, fragte Rosemarie, als wir aufgegessen hatten.

»Nein danke, es war genau richtig«, meinte ich unverfänglich.

Rosemarie legte die Hände in den Schoß und sah mich an, als wolle sie durch mich hindurch schauen. »Ist sie es, die Beate verfolgt?«, fragte sie fast tonlos.

Ich nickte. Seit meinem ersten Treffen mit Rosemarie wusste ich, dass ich keine Fragen stellen durfte, schon ein neugieriger Gesichtsausdruck bewirkte eine Abwehrhaltung ihrerseits, also hielt ich mich still und setzte ein neutrales Pokerface auf.

Sie senkte den Blick auf ihre Hände. »Der Alex ist ein guter Metzger, aber er kommt nach seiner Mutter.«

Was meinte sie damit?

»Rudi hätte so gerne Enkelkinder gehabt, es war sein größter Wunsch«, sagte sie leise. Ihre Stimme war so schwach, als ob sie mit den Tränen kämpfte. Es war ihr größter Gefühlsausbruch, seit ich sie kennengelernt hatte. Zwei Sekunden später stand sie energisch auf und ging in den Vorratsraum neben der Küche. »Haben Sie Dosen mitgebracht?«, fragte sie mit gewohnt sachlicher Stimme.

»Natürlich, ich gehe sie schnell holen«, rief ich zurück.

Wir packten wie beim letzten Mal gemeinsam die Plätzchen in meine mitgebrachten Büchsen.

»Frau Würmtaler«, begann ich dankbar beim Anblick des liebevoll dekorierten Backwerks, »womit kann ich Ihnen denn eine Freude machen? Sie haben sich so viel Arbeit gemacht, dafür möchte ich mich gern erkenntlich zeigen.«

»Aber ich habe Ihnen doch gesagt, dass Sie für einen guten Zweck spenden sollen«, meinte sie nüchtern.

»Ich möchte aber Ihnen ganz persönlich eine Freude machen«, beharrte ich.

Rosemarie schien mein Angebot fast peinlich zu sein, trotzdem meinte sie schließlich: »Na schön, wenn Ihnen das ernst ist, dann könnten Sie mir in der Tat eine Freude machen. Ich bin auf längeren Strecken nicht mehr so gut zu Fuß, deswegen bräuchte ich jemanden, bei dem ich mich einhängen kann.«

»Aber gerne, wo soll's denn hingehen?«, fragte ich neugierig.

Rosemarie warf einen geringschätzigen Blick auf meine Schlangenleder-Designerpumps. »Zur Kreuzsäule im Wippenhauser Wald, aber mit richtigen Schuhen«, sagte sie, den Blick immer noch auf meine Pumps gerichtet.

»Wenn es Ihnen recht ist, könnten wir morgen Nachmittag hingehen«, schlug ich vor, ohne meinen erlesenen Geschmack in puncto Schuhen zu verteidigen.

Wir einigten uns auf drei Uhr nachmittags und verabschiedeten uns voneinander.

Was sollte die Bemerkung »aber mit richtigen Schuhen«?, dachte ich auf dem Nachhauseweg. Der Wippenhauser Wald war schließlich keine steinige Gebirgslandschaft, und zu einem Denkmal würde ja wohl ein anständiger Weg hinführen, da war ich mir sicher. Am besten würde ich die erdfarbenen Wildlederstiefeletten anziehen, die waren zwar etwas hoch, aber farblich sehr passend.

Stolz begutachtete ich die elf Sorten Weihnachtsplätzchen in meiner Speisekammer. Maja, wie hast du das wieder hingekriegt, lobte ich mich selbst. Zufrieden setzte ich die Kaffeemaschine in Gang und stellte für mich selbst einen weihnachtlichen Plätzchenteller zusammen, da klingelte die Haustürglocke.

»Thurgau«, quäkte es aus der Gegensprechanlage, ich öffnete.

Der kommt mir wie gerufen, dachte ich, das war die Gelegenheit, Herrn Thurgau im Guten davon zu überzeugen, dass ich die Idealbesetzung für das Solo der »Drei Kön'ge« war.

»Herr Thurgau, welch angenehme Überraschung am Samstagnachmittag«, flötete ich ihm entgegen und schüttelte ihm einen Tick länger als gewöhnlich die schlaffe Hand.

»Aaach«, begrüßte er mich mit einem lang gezogenen Seufzer und nahm in meinem Wohnzimmer Platz.

»Sie möchten doch sicher selbst gebackene Plätzchen und ein Tässchen Kaffee dazu«, meinte ich fürsorglich.

»Nein, bitte keinen Kaffee, mein Magen!«, jammerte er wehleidig.

»Dann mache ich Ihnen einen Kamillentee, in Ordnung?«

Herr Thurgau nickte.

Als ich gedeckt und Tee und Kaffee gebracht hatte, setzte ich mich ebenfalls aufs Sofa.

»Haben Sie keine Streichhölzer?«, fragte Herr Thurgau mit Blick auf meinen Adventskranz. »Ich meine, weil Sie die Kerzen nicht anzünden.«

»Das hat andere Gründe«, sagte ich kurz. Ich wollte jetzt wirklich nicht mit Herrn Thurgau meine Familiengeschichten durchkauen, es gab wahrlich ein wichtigeres Thema zu besprechen. »Herr Thurgau, Sie haben sicher bemerkt, dass meine ›Drei Kön'ge‹ beim Chor außerordentlich gut angekommen sind«, kam ich sofort auf den Punkt.

»Frau Kuckuck, eigentlich bin ich extra deswegen gekommen, um Ihnen zu sagen, dass das so nicht geht, das sehen Sie doch ein.«

»Nein, Herr Thurgau, das sehe ich nicht ein!«, entgegnete ich scharf. »Wir können das Stück auch ohne Sie singen, der Chor steht voll hinter mir.«

»Was soll das heißen? Sie können doch nicht einfach anfangen.«

»Da werden Sie sich wundern, Herr Thurgau! Und wenn Sie meinen Gesang nicht aushalten, können Sie ja so lange rausgehen.«

Herr Thurgau rührte in seinem Kamillentee und machte ein deprimiertes Gesicht. Schließlich sagte er niedergeschlagen: »Was soll's, jetzt ist sowieso alles egal, dann singen Sie es eben.«

Ich sprang vor Freude vom Sofa auf und wäre Herrn Thurgau beinahe um den Hals gefallen, bevor mir bewusst wurde, dass das doch eher unpassend war. Moment mal, kam es mir in den Sinn, er hat mir das Solo nur zugestanden, weil er gerade in einer sehr labilen Verfassung ist. Ich ging ins Arbeitszimmer, holte Stift und Papier, setzte ein paar Zeilen auf und bat Herrn Thurgau zu unterschreiben.

»Was ist das?«, fragte er irritiert.

»Ihr Einverständnis, dass ich das Solo singe«, informierte ich ihn.

»Aber ...«, Herr Thurgau startete glatt einen Versuch, mir die Sache erneut auszureden, »aber ...«

»Wir waren uns doch eben einig!«, sagte ich streng.

Herr Thurgau unterschrieb mit lascher Hand den Vertrag, dann ließ er den Stift fallen und lehnte sich erschöpft zurück.

»Herr Thurgau, jetzt machen Sie nicht so ein Gesicht. Bernadette Sieger ist keinen einzigen Gedanken wert, den Sie an sie verschwenden, das können Sie mir glauben.«

Er sagte nichts.

»Verbringt Ihre Mutter die Weihnachtsfeiertage wieder bei Ihnen?« Ich versuchte, ihn etwas abzulenken.

»Jahhh«, stöhnte er weiter.

»Freuen Sie sich denn nicht darauf?«

»Doch, aber dann muss ich wieder einen Weihnachtsbaum aufstellen. Letztes Jahr habe ich mir an dem blöden Ständer so die Finger eingezwickt, dass ich tagelang nur unter Schmerzen Orgel spielen konnte.«

»Herr Thurgau«, rief ich freudestrahlend, »ich habe etwas für Sie!«

Unser Chorleiter blickte skeptisch drein. »Bitte nicht noch ein Ständermodell, ich habe schon vier zu Hause, aber ich komme mit keinem zurecht.«

Aufgeregt rieb ich mir die Hände, das war heute mein

Glückstag! »Wenn Sie mir folgen wollen«, bat ich ihn und ging ins Gästezimmer voraus.

Herrn Thurgaus Augen fingen an zu leuchten. »Eine Kunsttanne! Mit einem Klappsystem! So etwas wollte ich schon lange haben, aber die muss man übers Internet bestellen, und da kenn ich mich nicht aus.« Herr Thurgau strahlte übers ganze Gesicht, ich ebenfalls.

»Sie können das Ding als Dauerleihgabe betrachten«, meinte ich großzügig, dann bestellte ich schnell ein Taxi, bevor er es sich anders überlegte.

Der Taxifahrer schleppte zusammen mit Herrn Thurgau den sperrigen Karton hinunter zum Wagen. Als das Taxi abfuhr, winkte Herr Thurgau glücklich aus dem Auto. Wenn das kein Grund zum Feiern war. Der Plastikbaum war weg, und ich durfte an Dreikönig das wunderschöne Solo singen.

Statt Kaffee gönnte ich mir natürlich gleich einen Piccolo zu meinen Plätzchen. Ich würde Maria eine herzzerreißende Geschichte über unseren armen Chorleiter erzählen, der sich immer so die Finger eingezwickt hat, dass er tagelang nicht Orgel spielen konnte. Und als er mir kurz vor Weihnachten unter Angstschweiß gestanden hatte, dass es nun bald wieder so weit sei, konnte ich einfach nicht anders, als ihm den Plastikbaum mit Klappsystem zu leihen. Maria würde bestimmt Verständnis haben. Ach, was für ein Tag! Selig holte ich mir noch einen zweiten Piccolo aus dem Kühlschrank und freute mich auf das Weihnachtsfest im Kreise meiner lieben Familie.

Ich stand in der Küche der Weinstube und schnitt Kartoffeln für die Gulaschsuppe, die ich heute Abend anbieten wollte. Andreas trat begleitet von seiner Caro zum Dienst an.

»Hallo, Frau Kuckuck!«, begrüßte mich Caro, »Kann es sein, dass ich Sie heute Vormittag vor der Metzgerei Würmtaler gesehen habe?«

»Jawohl, das Fleisch in der Suppe ist auch von Würmtalers«, bestätigte ich. »Sagen Sie mal, Caro, Sie kennen doch sicher die dicke Beate aus dem Laden. Was halten Sie von ihr?«

»Ich habe Caro von den Versteckspielchen im Hinterhof erzählt«, warf Andreas gleich ein.

»Also ich hatte ehrlich gesagt immer einen relativ normalen Eindruck von ihr«, gab Caro zu. »Und dass sie sich in einem Perchtenkostüm versteckt und damit Leute erschreckt, kann ich mir auch nicht vorstellen.«

Die Meinungen über Beates Geisteszustand waren also geteilt. Aber was sollte die Kundschaft auch von etwaigen Spinnereien mitbekommen, sagte ich mir.

»Kennt jemand von euch eine Kreuzsäule im Wippenhauser Wald?«, wollte ich weiter wissen.

»Da geht der Nordic-Walking-Rundweg dran vorbei«, meinte Caro nickend, »ich bin schon ein paarmal dort gejoggt. Schöner Weg, warum?«

»Weil ich eine ältere Dame morgen dorthin begleite. Was ist denn so Besonderes an dieser Säule?«

»Keine Ahnung, aber ich erinnere mich daran, dass ich im Spätsommer einmal dort gelaufen und in eine Prozession oder Wallfahrt hineingeraten bin. Mindestens fünfzig Leute sind den Rosenkranz betend zur Kreuzsäule gegangen und haben dort angehalten und weitergebetet.«

»Tatsächlich?«, meinte ich interessiert. Ich hatte noch nie darüber gehört oder gelesen. Bestimmt würde mir Rosemarie etwas über die Geschichte der Säule erzählen können.

18.

Als ich am Sonntagmorgen um fünf Minuten nach zehn die Kirche betrat, hatte der Gottesdienst schon begonnen. Ich stellte mich auf die Zehenspitzen, um zu sehen, wer wo saß. Aha, Lilli mitsamt Familie saß in der zweiten Reihe, da war auch noch ein Plätzchen frei. Ich überflog weitere Bänke und entdeckte Kommissar Scheffel und seine Frau Ruth ebenfalls im vorderen Drittel. Die Bank war zwar voll, aber alle Personen saßen relativ weit auseinander.

Mit lautem Absatz-Klick-Klack marschierte ich nach vorn und drückte mich neben Kommissar Scheffel in die Bank, dieser rutschte widerwillig ein Stück zur Seite. Ruth trug einen grünen Hut mit hoher Feder, die gefährlich vor der Nase des Kommissars wippte, als sie sich zu mir rüberbeugte und mich begrüßte.

Zum ersten Mal in meinem Leben hörte ich Kommissar Scheffel singen. Lautstark polterte er ohne Rücksicht auf die Tonhöhe drauflos, ganz nach seinem Motto: Ich habe immer recht. Als er bemerkte, dass ich kein Gesangbuch hatte, hielt er großzügig das seine ein paar Zentimeter nach links, um mich reinschauen zu lassen. Da es mir unmöglich war, neben so einer akustischen Luftverschmutzung zu singen, deutete ich auf meinen Hals und räusperte mich.

»Stecken Sie mich bloß nicht an«, warnte er mich zwischen den Strophen.

Da Ruth als Chorsängerin über eine gewisse Grundmusikalität verfügen musste, wunderte ich mich, wie es ihr trotzdem gelang, neben ihrem Mann ein Lied zu intonieren.

Als der Pfarrer am Ende der Messe den Schlusssegen erteilt hatte und wir im dichten Gedränge die Kirche verließen, blieb ich Kommissar Scheffel dicht auf den Fersen. Draußen zwang ich ihm sofort ein Gespräch auf.

»Na, Herr Kommissar, wie läuft's denn mit Ihren Ermittlungen?«

Ruth stand mir gegenüber und zog einen weißen Stöpsel aus ihrem linken Ohr. »Ohne Ohropax kann ich neben meinem Mann nicht singen«, klärte sie mich rundheraus auf.

»Frau Kuckuck, wenn es Ergebnisse gibt, werden Sie das wie alle anderen Bürger dieser Stadt rechtzeitig aus der Zeitung erfahren«, knurrte der Kommissar.

Das war doch keine Auskunft! »Können Sie nicht wenigstens eine Tendenz andeuten?«, versuchte ich es wieder.

»Eine Tendenz? Die Tendenz ist, dass meine Kollegen und ich Tag und Nacht für die Sicherheit der Bevölkerung arbeiten, Frau Kuckuck!«

Ich ärgerte mich, dass der Kommissar nicht bereit war, mir einen kleinen Hinweis zu geben, obwohl wir uns schon so lange kannten und er genau wusste, dass er mir vertrauen konnte.

»Apropos Sicherheit, ich bin übrigens am Donnerstag in meinem Hinterhof überfallen worden«, knallte ich ihm eine vor den Latz und brachte dadurch meinen Unmut über seine Verschwiegenheit zum Ausdruck.

»So? Na, so schlimm kann es ja nicht gewesen sein, wenn Sie deswegen nicht einmal Anzeige erstattet haben.«

»Haben Sie eine Ahnung. Der Angreifer trug ein Perchtenkostüm und hat mich zu Tode erschreckt!«

Kommissar Scheffel wurde auf einmal hellhörig. »Das hört sich aber nicht nach Scherz an, Frau Kuckuck. Warum haben Sie den Vorfall nicht gemeldet?«, fragte er streng.

»Weil ich mir denken kann, wer in dem Kostüm gesteckt hat. Und das mit der melodramatischen Drohung und den blutigen Buchstaben schaut dieser Person auch ähnlich.«

Kommissar Scheffel schnaubte. »Was für eine Drohung mit blutigen Buchstaben?«, rief er zornig, aber in verhaltener Lautstärke, damit die umstehenden Kirchgänger nichts hörten.

»Kommen Sie doch mit in meine Wohnung, dann können

Sie gleich meine Plätzchen probieren«, schlug ich an Ruth gewandt vor, die mich erstaunt anblickte.

»Theo, da gehen wir jetzt hin!«, befahl sie ihrem Mann.

Kommissar Scheffel machte ein äußerst unzufriedenes Gesicht, setzte sich jedoch sofort in Bewegung.

In meiner Wohnung angekommen, bat ich die beiden, im Wohnzimmer Platz zu nehmen. »Kaffee dazu?«, fragte ich zuvorkommend.

»Frau Kuckuck, ich bin nicht zum Kaffeekränzchen hergekommen, wo ist diese Drohung!«, schrie Kommissar Scheffel hemmungslos in meiner Wohnung herum.

»Sofort«, meinte ich genervt von seiner Ungeduld und ging ins Arbeitszimmer, wo ich das blutige Schreiben verwahrt hatte. Ich gab dem Kommissar die Klarsichthülle und ging in die Küche, um einen hübschen Plätzchenteller zurechtzumachen. Nach einer Minute kam Ruth von Neugier getrieben in die Küche und staunte nicht schlecht, als sie die vielen gefüllten Plätzchendosen sah.

»Maja, ich bin platt! Bei welchem Arzt warst du?«, fragte sie beeindruckt.

»Bei keinem, manche Probleme lösen sich wie von selbst«, sagte ich und unterdrückte ein Grinsen.

»Frau Kuckuck!«, brüllte Kommissar Scheffel und rumpelte die angelehnte Küchentür auf. »Sie kommen jetzt sofort mit mir zur Polizeidienststelle und machen eine Aussage. Und wenn Sie mir noch einmal so etwas vorenthalten«, drohte er mit der wedelnden Klarsichthülle, »dann, dann …«

Oje, war der wütend.

»Wissen Sie überhaupt, was Sie uns da verheimlicht haben? Das ist ein Hinweis darauf, dass der Privatdetektiv womöglich ermordet wurde!« Die dunkelrote Krawatte um Kommissar Scheffels Hals wirkte verglichen mit seiner Gesichtsfarbe plötzlich ganz blass.

»Aber Theo, auf ein paar Minuten hin oder her …«

Ruht drehte sich zu ihrem Mann um und erkannte sofort, dass ihm der Sinn nicht nach Plätzchen stand. Enttäuscht zog sie wieder ihren Mantel an und flüsterte: »Wenn sie so gut schmecken, wie sie aussehen ...« Der Blick ihres Göttergatten ließ sie endgültig verstummen.

»Wir fahren mit Ihrem Wagen! Ruth, du gehst nach Hause!«, kommandierte der Kommissar scharf.

Wer hätte denn ahnen können, dass der Kommissar gleich so durchdreht, dachte ich, während wir schweigend zur Polizeidienststelle in der Haydstraße fuhren.

In einem spärlich eingerichteten Raum berichtete ich Kommissar Scheffel und den beiden anwesenden Kollegen haargenau von dem Überfall und erwähnte auch gleich meinen Verdacht gegen Beate. Ich erklärte den Herren, dass sie sich sowohl vor dem Überfall als auch danach noch einmal in meinem Hof versteckt hatte, dass sie etwas wirr im Kopf war und unter Verfolgungswahn litt. Dass Beate eine Liebschaft mit Rudi Würmtaler angedichtet wurde, wusste der Kommissar natürlich längst.

Nachdem ich die ganze Geschichte gleich zweimal erzählen musste, fragte ich mich schon, ob die Herren von der Polizei etwas langsam von Begriff waren. Endlich durfte ich wieder nach Hause fahren. Es war bereits kurz vor zwei Uhr, eigentlich wollte ich vor meinem Spaziergang mit Rosemarie noch Eislaufen gehen, aber dafür war es jetzt zu spät. Verärgert machte ich mir die restliche Gulaschsuppe von gestern heiß und zog mich nach dem Essen für den Spaziergang um.

Es war kalt und neblig, aber trocken. Der Waldboden ist bestimmt gefroren, sodass ich in meinen schicken Wildlederstiefeln nicht im aufgeweichten Matschboden versinken werde, dachte ich erleichtert.

Ich stellte meinen Wagen vor Rosemaries Haustür ab und klingelte. Nach kurzem Abwarten klingelte ich erneut, die alte Dame hatte mich wohl nicht gehört. Merkwürdig, auch nach dem dritten Klingeln öffnete niemand. Ich drehte mich zur Scheune um, um zu sehen, ob Rosemaries weißer Golf dort stand, aber das Scheunentor war zugezogen.

Schließlich kramte ich mein Handy aus der Handtasche und ließ mich von der Auskunft mit Rosemarie verbinden. Durch die Tür hörte ich, wie das Telefon im Haus läutete, aber niemand ging ran. Unsicher überlegte ich, ob wir uns wirklich für heute Nachmittag verabredet hatten oder ob ich mich womöglich im Tag geirrt hatte. Nein, wir hatten gestern von »morgen« gesprochen, das war eindeutig. Unruhe machte sich in mir breit. Die alte Dame könnte gestürzt sein und hilflos irgendwo in ihrem Haus liegen. Ob ich versuchen sollte, Alex Würmtaler zu erreichen? Aber wer sagte, dass er einen Schlüssel besaß? Nein, das war eher unwahrscheinlich. Wenn sich Rosemarie Würmtaler aus Versehen aussperren würde, müsste sie hier in der Nähe an einen Ersatzschlüssel herankommen und würde bestimmt nicht erst nach Freising hineinfahren. Vielleicht hatte sie einen Ersatzschlüssel bei den Nachbarn deponiert? Oder unter dem Fußabstreifer, wie ältere Leute es öfter machten. Ich hob die raue Matte hoch, fand aber nichts. Auf den äußeren Fenstersimsen der Küche standen einige kleine Terrakottatöpfe, die um diese Jahreszeit natürlich leer waren. Vorsichtig hob ich einen nach dem anderen hoch, es kam aber kein Schlüssel darunter zum Vorschein. Auf einmal hörte ich ein klirrendes Geräusch, als ich einen Topf zurückstellte. Tatsächlich, Rosemarie hatte einen Ersatzschlüssel im Blumentopf deponiert. Ich ging zur Haustür und sperrte auf.

»Frau Würmtaler, ich bin's, Maja Kuckuck!«, rief ich durch den Flur, um die alte Dame nicht zu erschrecken. Es war mucksmäuschenstill. Hm, was sollte ich jetzt machen? Sollte ich wirklich überall nach ihr suchen? Was wäre, wenn sie gerade nach Hause käme und mich dabei ertappte, wie ich in ihrem Haus herumschnüffelte? Ich warf einen Blick ins Wohnzimmer und erschrak fürchterlich. Was war denn hier los? Die Türen der beiden Schränke standen weit offen, Schubladen waren aufgerissen und der Boden war übersät mit Postkarten, Bastelutensilien, einem Rosenkranz und einem teilweise zerbrochenen Kaffeeservice. Hier wurde eingebrochen, das erkannte man auf den ersten Blick. Ängstlich lauschte ich, ob ich irgendetwas hörte. Vielleicht waren der oder die Einbrecher noch im Haus? Wenn ja, hätten sie mich allerdings längst bemerkt. Entschlossen ging ich in die Küche, in der eine ähnliche Verwüstung herrschte, und holte mir ein langes scharfes Messer.

»Frau Würmtaler!«, rief ich immer wieder laut voraus, um die Einbrecher zu warnen, dass ich im Anmarsch war. Wenn ich die Kerle in flagranti ertappen würde, konnte das sehr gefährlich für mich werden, das wusste ich genau. Obwohl ich vor Angst zitterte, zwang ich mich, weiter nach Rosemarie zu suchen. Womöglich haben die Einbrecher sie irgendwo gefesselt oder eingesperrt, dachte ich besorgt. Ich sah mich in zwei weiteren Zimmern im Erdgeschoss um, die trotz Verwüstung einen unbewohnten Eindruck machten. Die Schränke waren geöffnet, Tischwäsche, Bücher, alte Fotos, Tischdekorationen und andere gebastelte Sachen lagen auf dem Fußboden verstreut.

Nachdem ich das Erdgeschoss erfolglos abgesucht hatte, stieg ich mit mulmigem Gefühl die Treppe zum ersten Stock hoch. »Frau Würmtaler«, rief ich erneut, obwohl mein Hals so trocken war, dass ich die Worte kaum herausbrachte.

Durch einen Türspalt sah ich die Ecke eines Bettes, vorsichtig schob ich die Tür zurück. Das Bild, das sich mir im Schlafzimmer bot, ließ mich vor Schock erstarren. Rosemarie Würmtaler lag in einem weißen Nachthemd auf dem Fußboden, ihr Antlitz war fahl, der Mund offen und die Augen aufgerissen, um ihre weißen Finger war ein Rosenkranz gewickelt. Ihr Kopf lag inmitten eines großen, dunkelroten Kreises, die Fasern des beigefarbenen Teppichs hatten das Blut gierig in sich aufgesogen.

Ich ließ das Messer fallen und lief panisch die Treppe nach unten und aus dem Haus. Dann setzte ich mich in mein Auto, sperrte dieses von innen ab und rief die Polizei.

19.

Eine Viertelstunde später sprach ich mit einem jungen Polizisten, dem ich am Mittag bereits auf der Polizeiinspektion gegenübergesessen hatte. Wir standen vor Rosemaries Haus, mehrere Leute in weißen Plastikanzügen huschten an uns vorbei.

»Frau Kuckuck«, meinte der junge Beamte nervös, »Kommissar Herrmanns von der Kripo Erding wird gleich eintreffen. Wissen Sie, dass es sich bei der Toten um die Schwester des ermordeten Metzgers Rudi Würmtaler handelt?«

»Natürlich, ich bin doch nicht blöd!«

Der Mann wippte unschlüssig von einem Bein auf das andere. Anscheinend wusste er nicht, was er mit mir reden sollte oder durfte.

»Warum kommt denn Kommissar Scheffel nicht?«, fragte ich. Diesen Herrmanns hatte ich seit unserem Gespräch nach Rudis Tod in keiner guten Erinnerung. Er hatte mir einen Strick daraus drehen wollen, dass ich mich nicht an irgendwelche Details meiner früheren Liebschaften erinnern konnte.

»Kommissar Scheffel hat heute keinen Dienst, er hat Sie heute Mittag mehr oder weniger aus persönlichen Gründen zur Polizeiinspektion begleitet.«

Der dichte Nebel sorgte für eine nasskalte Luft, durch das lange Herumstehen fröstelte ich.

»Ich setze mich solange in mein Auto, bis Kommissar Herrmanns kommt«, informierte ich den jungen Mann.

»Lieber nicht«, meinte dieser sofort.

Hatte er Angst, dass ich fliehe?

Endlich fuhr Kommissar Herrmanns in den Hof ein und stellte sein Auto hinter meines. Ohne mich zu grüßen, ging er mit schnellen Schritten ins Haus und kam erst nach fünf Minuten zurück.

»Kommen Sie mit in meinen Wagen. Du auch, Konrad!«, rief er streng.

Ich setzte mich auf den Beifahrersitz, der junge Konrad auf den Rücksitz. Kommissar Herrmanns schaltete eine Stenorette ein, die er auf das Armaturenbrett legte, und sah mich von der Seite an.

»Ich höre, Frau Kuckuck«, meinte er in einem Ton, als hätte ich die alte Dame umgebracht.

Ich berichtete dem Kommissar, dass ich mit Rosemarie zum Spazierengehen verabredet war, dass sie nicht geöffnet hatte, dass ich den Ersatzschlüssel aus dem Blumentopf geholt und sie schließlich in ihrem Schlafzimmer gefunden hatte.

Kommissar Herrmanns lauschte stumm. Als ich geendet hatte, beugte er sich zu mir rüber und sagte ruhig:

»Frau Kuckuck, vor einer Woche wussten Sie nicht mehr, dass Ihr ehemaliger Geliebter aus Wippenhausen stammte, und nun stellt sich heraus, dass Sie mit seiner Schwester so vertraut sind, dass Sie sich zum Spazierengehen verabreden. Und heute Mittag kommt mein Kollege rein zufällig darauf, dass Sie uns wichtige Hinweise auf einen möglichen Mordfall verheimlicht haben. Falls Sie glauben, Sie könnten mit uns Katz und Maus spielen und uns je nach Lust und Laune ein paar Häppchen Ihrer Kenntnisse servieren, haben Sie sich getäuscht.«

Er beugte sich noch weiter zu mir rüber, sodass die spitze Nase wieder bedrohlich auf mich zeigte. Die runden Froschaugen quollen ihm fast aus dem Gesicht, rein instinktiv bewegte ich meinen Kopf in Richtung Fensterscheibe. »Ich garantiere Ihnen, dass wir Sie so lange verhören werden, bis Ihre Rolle in diesen Fällen restlos geklärt ist«, flüsterte er, als würde er mich gleich fressen wollen.

Ich schüttelte mich vor Abneigung, der Mann versuchte mich richtiggehend einzuschüchtern! Da war mir ein laut polternder Kommissar Scheffel doch tausendmal lieber als der fiese Unterton von diesem unsympathischen, hässlichen Herrmanns.

»Sie werden sich morgen früh um Punkt acht Uhr auf der

Polizeiinspektion Freising einfinden«, bestimmte er autoritär.

»Das geht nicht, weil ich am Vormittag zum Eislaufen muss, sonst verlerne ich alles.« Ich war nicht bereit, morgen schon wieder wegen irgendwelchen Polizeiprotokollen auf mein Training zu verzichten.

»Frau Kuckuck«, sagte Kommissar Herrmanns ganz langsam, »Sie werden da sein.«

Das werden wir sehen, dachte ich insgeheim und wartete, ob ich endlich die Erlaubnis bekam, aus dem miefigen Wagen zu steigen.

»Noch was?«, fragte ich ungeduldig. Kommissar Herrmanns sagte nichts, also stieg ich einfach aus und knallte die Autotür zu. Eine Unverschämtheit, sich mir gegenüber so respektlos zu verhalten. Eine wertvolle Zeugin sollte man wahrlich besser behandeln!

Nach ein paar Metern drehte ich wieder um, riss die Autotür auf und rief in den Wagen: »Wer hat morgen Vormittag Dienst?«

»Bestimmt niemand, dem sie irgendwelche Märchen verkaufen können«, kam die arrogante Antwort.

Wusch! Die Tür krachte, ich stapfte zu meinem Auto.

Als ich den Motor startete, stellte ich fest, dass ich von Polizeifahrzeugen so zugeparkt worden war, dass ich erst mehrmals hätte rangieren müssen, bis ich wegfahren konnte. Also hupte ich auf Teufel komm raus, bis Kommissar Herrmanns sich genötigt fühlte, seinen Wagen so weit zurückzusetzen, dass ich vorbeikam. Mit quietschenden Reifen fuhr ich vom Hof und würdigte die beiden Polizeibeamten keines Blickes.

Konnte man mich zwingen, mit diesem Herrmanns weiter zu verkehren? Nein, konnte man nicht. Ich würde bei der Polizei in Zukunft stumm wie ein Fisch sein, solange dieser Giftzwerg im Raum war, Punkt, basta! Mit dieser Strategie im Hinterkopf fühlte ich mich gleich viel besser.

Geruhsam zockelte ich in meinem Wagen Richtung Freising, da entdeckte ich zufällig auf einem abbiegenden Waldweg etwas abseits von der Straße einen hölzernen Wegweiser mit der Aufschrift »Zum hl. Kreuz«. Ich bremste abrupt ab und bog nach rechts in den Waldweg ein. Tatsächlich, an einer Weggabelung deutete der Pfeil weiter geradeaus, nach links gelangte man auf den Nordic-Walking-Rundweg.

Ich parkte mein Auto am Wegesrand und stapfte los. Da es bereits Viertel nach vier war und die Dämmerung schon einsetzte, hoffte ich, dass der Weg zu der Kreuzsäule nicht allzu weit sein würde.

Je weiter ich mich von der Straße entfernte, desto unheimlicher wurde mir das leise Knacken und Knacksen, das ich immer wieder aus dem Wald zu vernehmen glaubte. Hier leben eben Mäuse und Vögel, beruhigte ich mich selbst. Ich beschleunigte meine Schritte und atmete schneller. Nach etwa einer Viertelstunde tauchte auf der linken Seite etwas abseits vom Weg eine Art länglicher, steinerner Altar mit einer hölzernen Betbank davor auf. Das musste die Kreuzsäule sein! Ganz oben auf dem kleinen Dach der Säule und auf halber Höhe in der Mitte war jeweils ein Kreuz angebracht, zwischen den beiden Kreuzen war in der Art eines Bildstocks ein Gemälde zu erkennen, das ich wegen der einsetzenden Dämmerung nur schlecht sehen konnte. Auf der hölzernen Betbank vor der Säule lagen drei rote Rosen, die noch recht frisch aussahen. Bestimmt waren sie erst vor Kurzem hier abgelegt worden. Da ich auf dem Gemälde nichts Genaues erkennen konnte, war schwer zu sagen, ob es sich bei der Säule um den erhaltenen Rest eines alten Kreuzwegs handelte.

Hier wäre ich also heute zusammen mit Rosemarie gestanden, dachte ich bewegt, und nun war sie tot. Wahrscheinlich verband sie irgendwelche Erinnerungen mit diesem Ort. Ich stellte mir vor, dass der Platz bei Sonne und Tageslicht bestimmt etwas Beruhigendes und Friedliches hatte, bis ich schlagartig realisierte, dass es in wenigen Minuten stockfinster sein würde. Hastig machte ich mich auf den Rückweg. Die hohen Bäume links und rechts nahmen dem Weg schneller als erwartet den letzten Rest Tageslicht. Hektisch lief ich in Richtung Auto, das irgendwo da vorn in der Dunkelheit stehen musste, und stolperte immer wieder über kleine Steinchen und Wurzeln, da ich den Boden nicht mehr erkennen konnte. Plötzlich hörte ich Schritte hinter mir, die näher und näher kamen. Ich schauderte, obwohl ich vom schnellen Gehen bereits ins Schwitzen gekommen war. Mein Verfolger kam näher und näher, plötzlich leuchtete ein Licht von hinten auf den Weg. Ich drehte mich um und wurde von einer hellen Lampe geblendet, mir blieb fast das Herz stehen vor Angst.

»Sie haben sich wohl in der Zeit verschätzt«, keuchte eine männliche Stimme. Erst jetzt erkannte ich, dass es sich um einen Jogger mit Stirnlampe handelte.

»Es wird rasend schnell dunkel im Wald, das wird oft unterschätzt!«, meinte der Läufer, während er auf der Stelle trippelte.

Erleichtert atmete ich auf. »Mein Auto steht da vorne an der Straße, ist das noch weit?«, fragte ich.

»Höchstens zwei Minuten«, sagte der Jogger, »ich werde Sie begleiten.«

Heilfroh ging ich zusammen mit dem Sportsmann in Richtung Auto, wobei dieser immer wieder um mich herum oder ein Stückchen vor und zurück lief, um seine Trainingseinheit nicht zu unterbrechen.

Ich bedankte mich für die Hilfe und fuhr geschafft nach Hause. Was für ein Tag! Zu Hause holte ich mir ein Bier aus dem Kühlschrank, legte die Beine hoch und rief nacheinander meine Freundinnen Lilli und Doris an, um Ihnen die letzten Neuigkeiten brühwarm zu erzählen.

20.

»Unter mysteriösen Umständen ist eine 74-jährige Frau in ihrem Haus in Wippenhausen zu Tode gekommen«, las ich am Montagmorgen im Freisinger Tagblatt. Weiter berichtete die Zeitung, dass Einbrecher wohl auf der Suche nach verstecktem Bargeld das ganze Haus der Frau durchsucht hatten. Die Frau war mit dem Kopf auf die Kante einer Kommode gefallen und hatte dabei tödliche Kopfverletzungen erlitten. Ob es sich um einen Unfall gehandelt hatte oder ob sie gestoßen wurde, war weiterhin unklar.

War Rosemarie Würmtaler reich gewesen? Eher nicht. Gut, ihr Vater war Landwirt gewesen, und man wusste nicht, wie viel Grund und Boden sie vielleicht geerbt hatte, aber konnte man tatsächlich bei dieser bescheidenen Frau eine größere Menge Bargeld im Haus vermuten? Auszuschließen war es nicht, man hörte immer wieder, dass alte Leute den Banken nicht trauten und ihre Ersparnisse lieber unter dem Kopfkissen oder in einer Küchentasse versteckten.

Ich nahm meinen letzten Schluck Kaffee und sah auf die Uhr. Fünf Minuten vor acht. Na schön, um meinen guten Willen zu demonstrieren und da mir natürlich ebenfalls an der Aufklärung von Rosemaries schrecklichen Todesumständen lag, schlüpfte ich in meine schwarzen Winterstiefel, zog einen dicken Anorak an, hängte mir die Schlittschuhe über die Schulter und ging hinunter zu meinem Auto. Oje, die Scheiben waren total vereist. Nein, auf Eiskratzen hatte ich jetzt wirklich gar keine Lust, also schlenderte ich gemütlich in Richtung Haydstraße und erreichte gegen halb neun die Freisinger Polizeiinspektion.

Ich klingelte und wurde von einer Polizistin in den ersten Stock gebracht. Sie klopfte an eine Tür, öffnete diese einen Spalt und rief: »Sie ist da!«

Erleichtert vernahm ich die Stimme von Kommissar Scheffel, der übel gelaunt »Na endlich, herein!« rief.

Meine Freude war nicht von langer Dauer, da Kommissar Herrmanns ebenfalls an dem rechteckigen Tisch saß. Ich hängte in aller Ruhe meine Schlittschuhe und meinen Anorak an die beiden Haken hinter der Tür und setzte mich auf den freien Stuhl.

»Ich sage Ihnen gleich, dass ich ab jetzt kein Wort mehr spreche, solange der da ist«, informierte ich Kommissar Scheffel, während ich gleichzeitig auf seinen unsympathischen Kollegen deutete.

»Den Dienstplan erstellen nicht Sie!«, polterte Kommissar Scheffel, Kommissar Herrmanns lehnte sich provokativ zurück.

»Frau Kuckuck, wie kommen Sie dazu, mit Rosemarie Würmtaler spazieren zu gehen? Ich meine, seit wann besteht denn diese Freundschaft?«, fragte Kommissar Scheffel bemüht ruhig.

Ich verschränkte die Arme und sah gelangweilt zum Fenster hinaus.

»Frau Kuuuckuuuck! Sie treiben mich in den Waaahhhnsinn!«, brüllte er unbeherrscht, aber ich reagierte nicht.

Kommissar Herrmanns stand auf, öffnete eine Zwischentür und rief einen Kollegen namens Peter herbei, der daraufhin auf dessen Stuhl Platz nahm. Dann verschwand er in den Nebenraum, ohne jedoch die Tür zu schließen. Gut, dass er mithörte, konnte ich ihm schlecht verbieten.

»Also, Herr Kommissar«, begann ich, »die Sache hat so angefangen, dass ich vor etwa einer Woche das Bedürfnis hatte, Rosemarie Würmtaler mein Beileid zum Tod ihres Bruders auszusprechen. Sie hat mich hereingebeten und mich zum Tee eingeladen, dabei haben wir uns nett unterhalten.«

Kommissar Scheffel sah mich über den Rand seiner Lesebrille hinweg an. »Soso, Sie hatten also das Bedürfnis, einer Frau, die Sie überhaupt nicht kannten, Ihr Beileid auszusprechen«, wiederholte er meine Angaben. »Sie können Deutsch mit mir sprechen, Frau Kuckuck, Sie haben also wieder mal in einem Mordfall herumgeschnüffelt. Und? Was haben Sie herausbekommen?«

»Dass ich nicht die Einzige war, die im Mordfall Würmtaler herumgeschnüffelt hat. Bernadette Sieger war vor drei Tagen auch bei Rosemarie.«

»Bernadette Sieger, natürlich! Ich weiß sehr gut, dass Sie und Frau Sieger sich nicht riechen können, Frau Kuckuck. Bestimmt können Sie es nicht ertragen, dass Ihnen diese neugierige Frau Sieger jetzt auch noch außerhalb des Chores Konkurrenz macht, stimmt's?«, fragte er zynisch.

Ich hielt es für besser, nichts darauf zu sagen.

»Dann waren Sie also vor drei Tagen noch mal bei Frau Würmtaler«, stellte der Kommissar fest. »Wollten Sie ihr zum zweiten Mal Ihr Beileid aussprechen?«

»Nein, ich wollte ...« Das konnte ich dem Kommissar doch nicht sagen. Ruth durfte niemals erfahren, dass ich meine Plätzchen nicht selbst gebacken hatte.

»Was wollten Sie dort, Frau Kuckuck?«, fragte er streng.

Ich suchte nach einer passenden Antwort, mir fiel aber auf die Schnelle nichts ein.

Der Kommissar wechselte das Thema. »Frau Kuckuck, lag das Küchenmesser bereits in Frau Würmtalers Schlafzimmer, als Sie dort eintraten?«

»Nein, das war von mir. Ich habe mich bewaffnet, bevor ich das Haus durchsucht habe. Als ich die Tote gesehen habe, ist mir das Messer vor Schreck aus der Hand gefallen.«

Der Kommissar stöhnte, als käme er gerade von einem Tausendmeterlauf. »Dann sind die Fingerabdrücke auf dem Küchenmesser also von Ihnen. Dieselben Fingerabdrücke haben wir auch haufenweise in Frau Würmtalers Küche gefunden. Wie oft haben Sie die alte Dame denn in der letzten Woche besucht?«

»Dreimal«, sagte ich wahrheitsgetreu.

Kommissar Scheffel hackte glücklicherweise nicht länger auf dem Thema herum, er ging bestimmt davon aus, dass ich Rosemarie mehrmals besucht hatte, um sie auszuhorchen.

Nachdem ich den Ablauf des gestrigen Nachmittags genau geschildert und einige Nachfragen beantwortet hatte, wurde ich gegen elf Uhr endlich wieder entlassen. Ha, diesem Herrmanns hatte ich's gezeigt!

Gut gelaunt steuerte ich den Eisplatz an, zog meine Schlittschuhe an und wackelte zum Eis vor. Nanu, was war denn hier los? Unser Oberbürgermeister Bergnagel rutschte in Schlittschuhen und mit einem Hütchen bewaffnet auf die Mitte des Eisplatzes, gefolgt von einigen Stadträten, die sich ebenfalls in Schlittschuhen ängstlich an ihre Hütchen klammerten. Stadträtin Marianne Buchtl diskutierte noch mit dem Mann vom Schlittschuhverleih über die Farbe ihrer Kufenschuhe, die mit ihrem restlichen Outfit harmonieren sollte. Ein Mann in Straßenschuhen mit einem Fotoapparat nahm den Politikern die Hütchen weg, die Herren balancierten unsicher auf der Stelle.

»Was ist denn nun, Frau Buchtl?«, rief Oberbürgermeister Bergnagel ungeduldig, »Wir stehen hier völlig frei!«

»Ja, ja, ich komme gleich!«, schallte es von der Seite, wo der Schlittschuhverleiher bereits seine ganze Theke mit Schuhen voll gestellt hatte, die Frau Buchtl nicht zusagten.

»Fangen Sie an!«, ertönte das Kommando von OB Bergnagel, der Fotograf schoss drauflos.

Morgen würde ich sicher in der Zeitung lesen, was es mit diesem offiziellen Termin auf sich hatte.

Der Fotograf dankte und ging, die Politiker standen hilflos ohne Hütchen auf dem Eis herum. Kurz entschlossen schnappte ich ein Hütchen und brachte es zu OB Bergnagel.

Er bedankte sich höflich und knurrte: »Jetzt weiß ich, wer meine Kulturreferentin aufs Eis gezogen hat.«

»Irrtum, es war genau andersherum«, stellte ich richtig, bevor ich vor den Blicken des OBs hütchenfrei davonfuhr.

Endlich legte sich der Rummel wieder, und man konnte ungestört seine Runden drehen. Ich hatte seit dem letzten Mal nichts verlernt, es klappte hervorragend.

Nach einer Stunde beschloss ich, dass es genug war, und

fuhr in Richtung Ausgang. In dem Moment marschierte der Eiskavalier Heinzi gerade am Kassenhäuschen vorbei und ging in den Umkleideraum. Den warte ich noch ab, entschied ich spontan, und drehte ein paar weitere Runden.

Heinzi betrat das Eis und fuhr mit hohem Tempo los. Oje, wie sollte ich den bloß abfangen? Zweimal war er bereits an mir vorbeigeschossen, ohne von mir Notiz zu nehmen. Als er das dritte Mal auf mich zukam, rief ich laut seinen Namen. Er bremste tatsächlich ab, drehte sich um und sah mich verwundert an. Ich fuhr auf ihn zu und sagte:

»Du hattest recht, wir kennen uns. Ich bin Maja Kuckuck, ich war vor langer Zeit mal mit Rudi zusammen.«

Heinzi brauchte ein paar Sekunden, um seine Gedanken zu ordnen, dann streckte er mir plötzlich die Hand entgegen. »Natürlich, Maja Kuckuck! Dass ich da nicht gleich draufgekommen bin!«

»Mir ist es auch erst im Nachhinein eingefallen«, schwindelte ich.

Heinzi blickte ernst. »Dann ist Rudi ja vor deinen Füßen gestorben, wenn du im Neustifter Kirchenchor singst.«

»So ist es. Und jetzt ist seine Schwester auch noch tot.«

Heinzi nickte. »Ich habe es in der Zeitung gelesen, es ist fast wie ein Fluch.«

»Könnte man denken«, stimmte ich zu. »Hast du denn all die Jahre über mit Rudi noch Kontakt gehabt?«

»Natürlich! Er war mein bester Freund!«, rief Heinzi.

»Bist du verheiratet?«, erkundigte ich mich neugierig, ich hatte schließlich nichts zu verlieren.

»Ich bin zweimal geschieden, ich tauge nicht für die Ehe.«

So siehst du aus, dachte ich heimlich.

»Und du?«, kam die Gegenfrage.

»Ich bin ledig, aber ich habe eine Tochter und zwei Enkelkinder.«

»Und diese Weinstube, oder?«, fügte er an.

»Genau. Hast du Kinder oder Enkelkinder?«, führte ich das Fragespielchen fort.

»Zwei Söhne und fünf Enkelkinder. Der Rudi war immer eifersüchtig, er hätte auch gerne Enkelkinder gehabt, aber ...« Er unterbrach kurz, dann meinte er: »Es hat eben nicht sollen sein. Wer weiß, ob er in seinem Zustand noch viel davon gehabt hätte.«

»In welchem Zustand?«, hakte ich nach.

»Rudi war krank, er hatte Krebs.«

»Was?«, fragte ich ungläubig. »Warum hat er dann noch voll gearbeitet?«

»Das habe ich auch nicht verstanden. Er hat nicht viel über seine Krankheit geredet, er hat nur öfter erwähnt, dass er zuversichtlich ist, dass sich sein Zustand nicht verschlimmern wird. Letztendlich hat ihm das leider nichts genützt, jetzt ist er auf andere Weise ums Leben gekommen.«

»Ja, das ist wirklich tragisch«, pflichtete ich bei.

»Es war nett, dich getroffen zu haben, Maja, aber jetzt muss ich wieder etwas für meine Figur tun. Vielleicht sehen wir uns ja öfter hier.« Heinzi verabschiedete sich und legte wie gewohnt seine Runden im High-Speed-Tempo zurück.

Ich rutschte vom Eis und ging zufrieden in den Umkleideraum. Mein Eislaufstil hatte sich weiter verbessert, und ich hatte interessante Neuigkeiten von Heinzi erfahren. Beate hatte also doch nicht gelogen, als sie sagte, Rudi sei krank gewesen. Rudi wollte seinen Sohn womöglich nicht mit den Sorgen um seine Gesundheit belasten, deswegen hatte Alex nichts davon gewusst. Und dass Rudi immer mit seiner Schwester gebetet hat, ergab damit auch einen Sinn. Die fromme Rosemarie hatte Rudi bestimmt überzeugt, dass Beten in einer solchen Situation hilfreich war. Beate war also nicht so verrückt, wie Alex dachte, er konnte sich gewisse Dinge nur nicht erklären.

21.

»Aber Mama, du weißt doch, dass die italienischen Schulkinder nicht so lange Weihnachtsferien haben wie die deutschen. Wir können nicht bis Dreikönig bleiben, so leid es mir tut.«

»Schade«, meinte ich enttäuscht.

»Vielleicht kannst du ja eine Aufnahme von deinem großen Auftritt machen lassen, dann hätten wir auch etwas davon.«

»Das werde ich auf alle Fälle versuchen. Stell dir vor, was mir gestern passiert ist.« Ich erzählte Viola von meinem gruseligen Besuch bei Rosemarie Würmtaler.

»Das ist wirklich nicht zu fassen, erst der Bruder, dann die Schwester. Es scheint jemanden zu geben, der die Familie Würmtaler so hasst, dass er sie lieber tot als lebendig sieht. Hoffentlich ist jetzt nicht der Nächste dran.«

Mein Gott, darauf war ich selbst noch gar nicht gekommen! Waren Alex oder seine Mutter tatsächlich in Gefahr? Und wenn es so wäre, was konnte ich tun? Nichts, gestand ich mir ein. Ich konnte schlecht in den Metzgerladen gehen und dort Panik schüren, zumal ich die beiden im Grunde genommen nur flüchtig kannte. Aber nach zwei Morden in der Familie würden Alex und seine Mutter hoffentlich auf der Hut sein.

Plötzlich fiel mir etwas anderes ein. »Sag mal, hattest du nicht eine Schulfreundin aus Wippenhausen? Kannst du dich daran erinnern, ob sie einmal etwas über eine Kreuzsäule im Wald erzählt hat?«

»Du meinst Christine. Stimmt, ich glaube, sie hat erzählt, dass sie zusammen mit ihrer Familie jedes Jahr an einer Bittprozession zu dieser Kreuzsäule teilnimmt. Die Säule steht dort zum Gedenken an irgendwelche Wunderheilungen vor ein paar hundert Jahren, aber genau weiß ich es nicht mehr.«

Aha, dachte ich, nachdem ich das Gespräch mit meiner Tochter beendet hatte, deswegen war dieser Ort für Rosemarie

Würmtaler so anziehend. Vielleicht hatte sie auch des Öfteren mit ihrem an Krebs erkrankten Bruder dort gebetet.

Die Haustürglocke klingelte.

»Ich bin's, Ruth!«

Ich musste schmunzeln. Sie erschien pünktlich zur Kaffeezeit, um endlich meine Plätzchen zu testen, nachdem ihr Mann sie gestern rigoros daran gehindert hatte.

»Ach Maja, ich kam gerade zufällig vorbei und dachte, jetzt wäre ein Käffchen recht«, posaunte sie bereits im Treppenhaus.

Bestens gewappnet bot ich ihr im Wohnzimmer einen Platz an und servierte stolz eine stattliche Auswahl an Weihnachtsgebäck.

»Mmmh, Maja, also ich bin nach wie vor sprachlos«, meinte sie schmatzend, nachdem sie bereits fast alle Sorten durchprobiert hatte, »wie hast du das nur innerhalb einer Woche geschafft? Das verstehe ich nicht.« Sie blickte mich argwöhnisch an. »Du hast die Plätzchen doch nicht etwa gekauft?«

»Wo denkst du hin, die sind alle selbst gemacht«, versicherte ich. Zwar nicht von mir, aber das hatte ich auch nicht gesagt.

»Ist da Rum drin?« Ruth stellte mir bei einem dunklen Plätzchen mit Mandeln oben drauf doch glatt eine Fangfrage.

»Selbstverständlich«, meinte ich souverän und lenkte das Thema weg von den Plätzchen. »Gibt's denn irgendetwas Neues über den Tod von Rosemarie Würmtaler?«

»Darüber nicht.« Ruths Gedanken kreisten weiterhin um meine Plätzchen, sie inspizierte gerade einen Spitzbuben von allen Seiten, bevor sie ihn genüsslich in den Mund schob.

»Worüber dann?«, blieb ich hartnäckig.

»Aber Maja, du weißt doch, dass ich nichts sagen darf, wenn ich zufällig mithöre, was mein Mann am Telefon redet. Hast du diese hier mit Butter oder Margarine gemacht?«

»Mit Butter«, vermutete ich mal. »Dein Mann scheint sich nicht für Bernadette zu interessieren«, zäumte ich das Pferd von der anderen Seite auf.

»Das stimmt nicht, wenn du wüsstest!«

Jetzt war ich aber wirklich gespannt. »Wie soll ich etwas wissen, wenn du mir nichts sagst?« Ich konnte meine Neugierde kaum zurückhalten.

»Na schön, Maja, aber du versprichst mir bei unserer Freundschaft, dass du mit niemandem darüber redest! Auch nicht mit Lilli oder mit dieser ausgeflippten Doris!«

»Versprochen.« Gespannt rutschte ich auf meinem Sessel hin und her.

»Der tote Privatdetektiv«, begann Ruth und legte eine dramaturgische Pause ein, indem sie mehrere Schlucke ihres Kaffees trank, »also, dieser Privatdetektiv, du weißt schon ...«

»Ja, Ruth, ich weiß!« Mir riss gleich der Geduldsfaden.

»Also, dieser Privatdetektiv ist von Bernadettes Ehemann engagiert worden.«

»Wahnsinn! Dann steckt Bernadette also doch in dem Mordfall mit drin!«, rief ich aus.

»Zumindest ihr Mann«, korrigierte mich Ruth. »Mehr habe ich leider nicht gehört, weil Theo auf einmal die Tür zugemacht und ganz leise gesprochen hat.«

Ich überlegte. »Glaubst du, dass Bernadettes Mann seine Frau hat beschatten lassen? Ich meine, vielleicht hatte er Zweifel an Bernadettes Treue?«

»Wenn er vom liebeskranken Thurgau gewusst hat, könnte es schon sein. Aber wer weiß, womöglich hat Bernadette in Freising tatsächlich einen Liebhaber? Hat Hildegard nicht gesagt, dass sie Bernadette in vertrauter Manier zusammen mit einem Mann gesehen hat? Vielleicht war dieser Mann gar nicht Bernadettes Ehemann, sondern ihr Geliebter?«

Ich schüttelte den Kopf. »Nein, Bernadettes Gemütsverfassung ist meiner Meinung nach sehr weit weg von irgendwelchen romantischen Gefühlswallungen. Ich sage dir, da steckt etwas anderes dahinter.«

Ruth zuckte mit den Schultern und versprach mir, ihre Ohren weiterhin auf Empfang zu stellen.

Kurz bevor ich am Abend in die Weinstube hinunter gehen wollte, fiel mir ein, dass ich vergessen hatte, meiner Tochter über das Problem mit Salvatores Schlafanzug zu berichten. Ich wählte Violas Nummer und wartete.

»Pronto!«

Oh nein, Salvatore war schon zu Hause.

»Ich bin's, Maja.«

»Maja! Hat mir Viola gesagt, dass du singst eine große Arie in die Kirche und dass wir leider nicht können bei dir bleiben so lange, aber Maja, habe ich eine große Überraschung für dich!«

Nanu, wollte meine Familie vielleicht extra wegen meinem Gesang noch einmal anreisen?

»Maja, wirst du eine Zuhörer haben, die etwas versteht von die Musik! Meine Mutter wird bleiben alleine bei dir bis zu die große Auftritt. Ist das wunderbar! Hast du eine eigene Fan aus Italien!«

Mir wurde schwindelig, und ich musste mich setzen. »Salvatore, bitte gib mir Viola«, bat ich meinen Schwiegersohn unter Schock stehend.

»Ist sie bei die Frisör, aber werde ich ihr sagen, dass du dich sehr freust!«

Ich atmete dreimal tief durch. »Salvatore, das geht nicht mit deiner Mutter«, presste ich heraus.

»Brauchst du dich wirklich keine Gedanken machen, Maja, macht sie es ganz freiwillig!«

»Salvatore, ich muss doch in der Weinstube arbeiten, und außerdem verstehe ich gar nicht, was deine Mutter sagt.« Verzweifelt versuchte ich meinem Schwiegersohn klarzumachen, dass diese Idee unzumutbar war.

»Aber Maja, hast du doch die große Lexikon, die ich dir habe geschenkt letzte Weihnachten. Hast du die ganze Tag Zeit für meine Mutter, kann dir meine Mutter endlich zeigen wie man kocht richtige Pasta!«

Ich war sprachlos. Diese Schreckensnachricht hatte mich eiskalt erwischt.

»Maja, bist du noch dran? Weißt du gar nicht, was du sagen sollst vor Glück. Werde ich Viola sagen, dass du bist sehr verrührt! Ciao, Maja, Ciao!«

Wie in Trance wandelte ich zu meinem Wohnzimmerschrank und goss mir einen dreifachen Grappa ein. Schon wieder stand ich vor einem familiären Problem, aber diesmal vor einem gewaltigen.

»Ich habe eine Idee«, verkündete Andreas wenig später, als er kurz zu mir in die Küche der Weinstube kam. »Wenn du Violas Schwiegermutter schon eine Woche lang beschäftigen musst, dann richtig! Wir machen eine italienische Spezialitätenwoche mit italienischen Weinen und natürlich mit original italienischer Küche, für die Violas Schwiegermutter zuständig sein wird.«

Missmutig starrte ich vor mich hin.

»Mensch, Maja, ich kann dein langes Gesicht nicht mehr sehen. Wie findest du meinen Vorschlag denn nun?«

»Was glaubst du, was mir mein Schwiegersohn erzählen wird, wenn ich seine Mutter zum Arbeiten missbrauche? Das geht nicht.«

»Dann stellst du dich eben krank«, schlug Andreas weiter vor.

»Und wenn sie extra hier bleibt, um mich zu pflegen?«

»Dann müsste es etwas Ansteckendes sein. Die Kinder meiner Nachbarin haben zur Zeit die Windpocken, wenn du dich beeilst, schaffst du es noch, die Inkubationszeit beträgt zwei bis drei Wochen.«

»Windpocken haben wir alle schon gehabt.«

Andreas grübelte. »Ich kenne jemanden, der hat gerade Kopfläuse …«

»Nein danke!«

Mein Mitarbeiter gab auf und ging zurück in den Gastraum. Nach einigen Minuten zog ich es ebenfalls vor, mich mit einem frisch gezapften Pils unters Volk zu mischen, um auf erbaulichere Gedanken zu kommen.

»Guten Abend, Maja«, hörte ich plötzlich eine Stimme, während ich bei Stammgästen am Tisch saß. Ich drehte mich um und sah Heinzi, herausgeputzt mit einem roten Halstüchlein, hinter mir stehen. Sofort stand ich auf und begrüßte ihn.

»Das ist aber nett, dass du einmal bei mir reinschaust. Bist du allein gekommen?«

»Ja, ehrlich gesagt wollte ich kurz mit dir reden«, sagte Heinzi ernst.

»Selbstverständlich«, entgegnete ich und deutete auf einen freien Tisch, an den wir uns setzten. Ich war gespannt, was er von mir wollte. »Möchtest du etwas trinken?«, fragte ich höflich.

»Warum nicht«, meinte er und entschied sich für einen trockenen Müller-Thurgau.

»Maja, bei unserem Gespräch heute auf dem Eisplatz war ich etwas zu redselig. Ich hätte dir nicht sagen dürfen, dass Rudi krank war, das wussten nur sehr wenige Leute. Er wollte es so.«

»Kein Problem, Heinzi, ich werde es für mich behalten.«

Andreas brachte uns zwei Gläser Weißwein, Heinzi hielt mir sein Glas zum Anstoßen hin.

»Darauf, dass wir uns nach vierzig Jahren wieder über den Weg gelaufen sind!«, trug Heinzi feierlich vor.

»Darf ich dich etwas fragen, Heinzi?«, pirschte ich mich langsam vor. »Wer hat denn alles von Rudis Krankheit gewusst?«

»Soweit ich informiert bin, nur noch seine Schwester. Er wollte Alex und Helga nicht damit belasten, hat er einmal gesagt.«

»Und was ist mit Beate?«

Heinzi sah mich entgeistert an. »Wie kommst du auf Beate?«, fragte er mit undeutbarer Miene.

»Nun, Beate war ein paarmal hier bei mir und hat mir erzählt, dass Rudi krank gewesen sei.«

»Ach! Und weshalb war Beate bei dir?«, wollte Heinzi wissen.

»Ich nehme an, weil sie mit mir über Rudi sprechen wollte«, sagte ich kurz und bündig. Ich wartete einen Moment ab, ob Heinzi eine Bemerkung zu Beate machen würde, aber er hielt sich bedeckt.

»Und was hat sie sonst noch gesagt?«, fragte er schließlich.

»Dass sie von einer Frau verfolgt wird. War Beate denn nun mit Rudi zusammen oder nicht?«

»Hat sie das ebenfalls gesagt?«, beantwortete Heinzi meine Frage zum wiederholten Mal mit einer Gegenfrage.

»Nicht direkt, aber ich habe es ihren Andeutungen entnommen, außerdem sprach die halbe Kundschaft über diese angebliche Affäre.«

»Maja, Rudi war mein bester Freund. Du verstehst doch, dass ich über solche Dinge nichts sage.«

»Natürlich verstehe ich das. Ich wollte eigentlich auch nur wissen, ob Beate vielleicht nicht ganz dicht ist, ich meine, ob sie unter Wahnvorstellungen oder dergleichen leidet.«

Rudi fing laut an zu lachen. »Beate? Die hat ihre Sinne beieinander, darauf kannst du dich verlassen!«

Merkwürdig, hatte ich mich so getäuscht? Oder hatte ich mich doch von Alex beeinflussen lassen, der Beate einfach nicht mochte, was wiederum verständlich wäre, wenn sie tatsächlich ein Verhältnis mit seinem Vater gehabt hatte.

»Kanntest du Rosemarie?«, fragte ich Heinzi.

»Natürlich, das war ein harter Knochen. Sie hatte ihren Bruder ganz schön unter der Fuchtel, auch wenn sie dir gegenüber eher zurückhaltend gewesen sein mag.«

Woher wusste Heinzi, dass ich Rosemarie gekannt hatte? Vielleicht hatte ihm Alex davon erzählt.

Heinzi trank seinen letzten Schluck Wein aus und sagte noch einmal: »Also bitte, Maja, behalte das mit Rudis Krankheit für dich«, dann stand er auf und verabschiedete sich.

Während ich am Tresen einige Pils zapfte, dachte ich wieder über Beate nach. Wenn sie wirklich ganz normal war, warum hatte sie dann in der Metzgerei so getan, als würde sie mich nicht kennen? Hatte sie vielleicht Angst um ihren Job? Früher oder später würde sie sich sowieso etwas anderes suchen müssen. Alex würde sich irgendwann gegen seine Mutter durchsetzen und sie hinauswerfen, da war ich mir sicher. Und wenn Beate ganz normal ist, dachte ich weiter, würde sie mich dann in einem Perchtenkostüm überfallen und blutige Nachrichten schreiben? Ein mulmiges Gefühl kroch in mir hoch. Wenn es nun doch nicht Beate gewesen war? Ob die Polizei inzwischen festgestellt hatte, um welche Art Blut es sich bei dem Schreiben handelte? Ich hatte ganz vergessen, den Kommissar danach zu fragen. Und welche Rolle spielte eigentlich Bernadettes Mann in der ganzen Geschichte? War er vielleicht der große Unbekannte, der mich überfallen hatte? Nein, der Überfall passierte an einem Donnerstag, und unter der Woche müsste Bernadettes Mann eigentlich in Stuttgart sein. Und wenn er am Freitag gar nicht arbeitete?

Maja, so kommst du nicht weiter, sagte ich mir, außerdem hast du andere Probleme. Deprimiert zischte ich ein frisches Pils weg und zermarterte mir den Kopf über ein einwöchiges Animationsprogramm für Violas Schwiegermutter.

22.

Nach wie vor schlechter Stimmung trottete ich am nächsten Morgen zu meinem Briefkasten hinunter, um die Zeitung zu entnehmen. Alles nur Werbung, dachte ich, als mir ein Wust an Zetteln und Broschüren auf den Boden fiel. Ich sammelte die Blätter auf und erstarrte. Jemand hatte mir schon wieder eine blutige Nachricht geschickt! Diese Botschaft hier setzte mir allerdings erheblich mehr zu als der Inhalt des ersten Zettels. Die dicken Buchstaben, die in rotem Farbton auf weißem Papier leuchteten, bildeten untereinanderstehend vier Namen: »Rudi – Hollstein – Rosemarie – Kuckuck«. Neben jeden Namen auf der gruseligen Liste hatte der Verfasser ein Kreuz geschmiert. Mein nüchterner Magen drehte sich um, das war kein guter Tagesbeginn! Ich hielt das widerliche Schreiben an der äußersten oberen Ecke und brachte es in mein Arbeitszimmer, dort steckte ich es wie gehabt in eine Klarsichthülle.

Meine Finger zitterten, meine Nerven lagen blank. Ich setzte mich an den Frühstückstisch und zwang mich, etwas zu essen, obwohl mir der Appetit gründlich vergangen war. Wenn ich etwas im Magen hätte, würde ich mich wieder beruhigen, sagte ich mir. Wer war Hollstein? Wahrscheinlich der tote Privatdetektiv, vermutete ich.

Mein Magen hob sich nach jedem Bissen, kurzerhand tauschte ich meinen Morgenkaffee gegen einen Glühwein aus und versuchte, mir warme Gedanken zu machen. Immer noch zitternd vor Schreck, verschüttete ich etwas vom Glühwein auf dem Tisch, die klebrigen Tropfen wischte ich mit einer weißen Papierserviette wieder weg. Merkwürdig, das Rot des Glühweins auf der Serviette hatte den gleichen Farbton wie die Buchstaben auf dem Drohbrief. Ich ging ins Arbeitszimmer und verglich die Serviette mit dem anonymen Geschmiere. Eindeutig, die Farben stimmten überein. Ich musste grinsen.

Mein Gott, Maja, veräppelte ich mich selbst, du hast vielleicht eine abartige Fantasie! Wie kann man sich vor einem Zettel mit Glühweinbuchstaben so fürchten? Diese Erkenntnis nahm dem Schreiben jede Seriosität. Bestimmt hatte sich mal wieder jemand einen blöden Scherz mit mir erlaubt, meine Vermutung ging natürlich in Richtung Bernadette Sieger. Erleichtert schlurfte ich in meinen Hauspantoffeln zur Küche zurück und verdrückte ein reichhaltiges Frühstück. Auf dem Weg zum Einkaufen würde ich das originelle Drohbrieflein bei der Polizei vorbeibringen, um dem Kommissar meine engagierte Mitarbeit zu demonstrieren.

Entspannt blätterte ich im Freisinger Tagblatt zum Lokalteil vor. Ob es schon Neuigkeiten zum Tod von Rosemarie gab? Tatsächlich, auf Seite drei brachte die Zeitung einen Artikel über den Fall. Die Polizei ging in der Zwischenzeit von einem Raubmord aus. Im ganzen Haus sei kein Bargeld zu finden gewesen, so der Polizeisprecher. Ob die alte Dame über Wertgegenstände verfügt hatte, sei noch unklar. Wahrscheinlich habe die Tat in den frühen Morgenstunden stattgefunden und man hoffe auf sachdienliche Hinweise.

Wer sollte dazu sachdienliche Hinweise geben können?, fragte ich mich. In den frühen Morgenstunden an einem eisigen Dezembersonntag war im ohnehin ruhigen Wippenhausen bestimmt kein Mensch unterwegs gewesen. Wertgegenstände waren mir bei meinen Besuchen nicht aufgefallen, außer vielleicht die Bilder mit den religiösen Motiven an den Wänden im Wohnzimmer. Ob diese Bilder wertvoll waren, konnte ich nicht beurteilen, ich konnte mich nicht einmal daran erinnern, ob ich sie nach dem Einbruch noch gesehen hatte.

Ich blätterte weiter und entdeckte das Gruppenfoto des OB mit seinen Stadträten auf dem Eisplatz, natürlich ohne Frau Buchtl. Bei einem Ortstermin hatten sich die Herrschaften ein Bild über den Zustand des Eisplatzes machen wollen. Ein privater Investor hatte angeboten, ein neues Eisstadion bauen zu lassen, und nun musste darüber beraten werden, ob auch diese kommunale Einrichtung privatisiert werden sollte. Da die Herrschaften der Meinung waren, dass der Eisplatz noch für einige Zeit taugte, wollte man die Entscheidung über dieses Thema nicht übers Knie brechen und konnte die Angelegenheit in aller Ruhe ausdiskutieren.

Lustlos trank ich den Rest meines Glühweins, die Aussicht auf Marias verlängerten Besuch vermieste mir weiter die Stimmung. Um auf andere Gedanken zu kommen, beschloss ich, gleich nach meinem Besuch auf der Polizeiinspektion zur Metzgerei Würmtaler zu fahren. Wollten wir doch mal sehen, ob sich Beate inzwischen wieder an mich erinnern konnte.

Eine Eiseskälte war im Anmarsch. In der Zeitung hatte gestanden, dass in der Nacht in Bayern minus zwanzig Grad erwartet wurden, ich schlotterte jedoch schon bei den aktuellen minus fünf Grad. Mit klammen Fingern kratzte ich mehrere Sichtlöcher in meine Autofenster, stellte die Heizung auf Hochbetrieb und fuhr los. Obwohl um halb zehn beste Einkaufszeit war, sah ich kaum Fußgänger. Die meisten Hausfrauen warteten wohl auf den Durchbruch der Wintersonne, die sich irgendwo hinter dem dicken Hochnebel versteckt hielt.

Als ich auf der Freisinger Polizeiinspektion nach Kommissar Scheffel fragte, teilte mir der junge Konrad mit, dass der Kommissar nicht da sei. »Ich kann sie aber zu Kommissar Herrmanns führen, Frau Kuckuck, der ist zufällig im Haus«, bot er eifrig an.

»Mit dem spreche ich nicht mehr«, sagte ich trocken. »Dann gebe ich eben Ihnen dieses Blatt. Ich habe es heute Morgen in meinem Briefkasten gefunden.«

Konrad starrte mit aufgerissenen Augen auf die roten Buchstaben.

»Vielleicht sollten wir doch Kommissar Herrmanns informieren«, meinte er nervös.

»Regen Sie sich nicht auf, das ist nur Glühwein«, beruhigte ich ihn.

»Aber ... der andere Brief ... ich meine ...«

»Das war dann natürlich auch Glühwein«, half ich ihm auf die Sprünge.

Konrad sah mich an, als spräche ich Chinesisch. Kurz entschlossen nahm er den Telefonhörer und wählte eine verdächtig kurze Nummer.

»Ich habe mein Auto mitsamt Portemonnaie nicht abgesperrt«, log ich schnell. Schwupp war ich wieder draußen, ich bin doch nicht blöd! Der wollte bestimmt gegen meinen Willen den Herrmanns holen, aber nicht mit mir.

Mit einem heißen Reifen verließ ich den Parkplatz vor der Polizeiinspektion und tuckerte dann gemütlich weiter in Richtung Lerchenfeld. Die Gemütlichkeit wurde mir sozusagen aufgezwungen, da sich wegen des Bahnstreiks wieder mal erheblich mehr Pkws auf den Straßen drängten als sonst.

Die Metzgerei Würmtaler war wie üblich gut besucht. Das florierende Geschäft musste doch auf die Qualität der Fleisch- und Wurstwaren zurückzuführen sein. Wahrscheinlich waren die übrigen hausgemachten Wurstsorten ebenso gut wie der Leberkäs. Beate, Helga und die ältere Verkäuferin standen hinter der Theke und bedienten, Alex war nicht im Laden.

Helga Würmtaler übertönte das ganze Geschäft. »Es ist wirklich fürchterlich, Frau Hasenbeck, da hat man uns quasi um unser Erbe betrogen! Meine Schwägerin war eine wohlhabende Frau, auch wenn sie es nicht offen zur Schau gestellt hat. Sie war ja so bescheiden. Darf's ein bisserl mehr sein?«

Frau Hasenbeck nickte ergeben. Die Stammkunden in diesem Laden hatten sich bestimmt darauf eingestellt, dass sie bei Gewichtsangaben immer etwas weniger verlangten, als sie tatsächlich brauchten.

»Und dann hab ich zu Alexander gesagt, dass es wirklich ein Drama ist, dass wir nicht einmal wissen, was für Schmuckstücke denn nun gestohlen worden sind. Rosemarie hat nie Schmuck getragen, aber ich bin sicher, dass sie alten Familienschmuck bei sich zu Hause hatte. Der Rudi wollte ihr immer einen Safe aufschwatzen, also muss der Schmuck sehr wertvoll gewesen sein. Aber stur, wie sie war, hat sie natürlich nicht auf

Rudi gehört. Und, wer sind jetzt die Leidtragenden? Der Alexander und ich! Die Schnitzel sind heute etwas größer, Frau Hasenbeck, aber das macht doch nichts, oder?«

Beate verrichtete stur ihre Arbeit, ohne sich darum zu kümmern, wer im Laden herumstand. Mit etwas Geschick gelang es mir, bei ihr an die Reihe zu kommen.

»Was darf's denn sein, Frau Kuckuck?«, fragte sie im normalsten Verkäuferton der Welt.

»Ein Kilo Hackfleisch, bitte, ich mache heute Chili con Carne in der Weinstube.«

Mein Versuch, mit Beate ein wenig ins Gespräch zu kommen, scheiterte. Sie stopfte eifrig das Fleisch in den Wolf und war ganz auf die Arbeit konzentriert. Ich musste mir eingestehen, dass sie wirklich einen völlig normalen Eindruck machte. Dass sie mich neulich nicht gekannt haben wollte, lag wahrscheinlich daran, dass Alex neben ihr gestanden hatte. Er hatte mir selbst gesagt, dass er sie hinauswerfen würde, wenn sich ihr angeblicher Verfolgungswahn nicht legte. Bestimmt bezog sie meine Person in die Verfolgungsgeschichten mit Bernadette ein.

Inzwischen zweifelte ich nicht mehr daran, dass Bernadette tatsächlich hinter Beate hergefahren war. Seit ich wusste, dass Bernadettes Mann diesen Privatdetektiv engagiert hatte, war mir die Familie Sieger noch suspekter als vorher. Warum verfolgten die Siegers bestimmte Leute in Freising oder ließen sie sogar professionell beschatten?

Ich war so in meine Gedanken vertieft, dass ich fürchterlich erschrak, als mich Beate fragte, ob ich noch weitere Wünsche hätte.

»Eine Leberkässemmel«, verlangte ich und sah zu, wie Beate eine dicke Scheibe vom lecker duftenden Fleischkäse für mich abschnitt.

»Haben Sie meinen Brief bekommen?« Helga Würmtaler stellte mir die Frage im Vorbeigehen.

Welchen Brief?

»Nein«, antwortete ich unsicher.

Helga sah mir kurz in die Augen und verschwand im Raum hinter der Theke.

»War's das, Frau Kuckuck?«, wollte Beate wissen.

Ich nickte stumm. Während ich bezahlte, arbeitete mein Gehirn auf Hochtouren. Hatte Helga womöglich den Zettel mit den Namen gemeint?

Helga Würmtaler kam zurück in den Laden und stellte krachend einen Teller mit frischer Leber in die Fleischtheke, etwas Blut rann dabei über den Rand der weißen Platte. Gänsehaut überzog meinen Körper, hastig verließ ich das Geschäft. Waren die Drohbriefe von Helga? Und war die Tinte vielleicht doch kein Glühwein?

Bibbernd vor Schauder und Kälte setzte ich mich in mein Auto. Ich war nur noch ein nervliches Wrack, was allerdings kein Wunder war. Innerhalb weniger Tage hatte ich zwei Leichen gesehen, wurde in einem Perchtenkostüm überfallen, bekam Drohbriefe, musste mich mehrmals gegen Bernadette Sieger behaupten und hatte auch noch den Zirkus mit Violas Schwiegermutter am Hals. Und das alles in der sogenannten »staden Zeit«, wie man in Bayern gern die Vorweihnachtszeit nennt.

Entweder ich kaufe mir jetzt sofort mein etwa zwanzigstes Paar Winterstiefel, oder ich gehe zum Psychiater, stellte ich mich selbst vor die Wahl. Ich entschied mich für Ersteres und fuhr zurück in die Innenstadt.

»Frau Kuckuck, melden Sie sich unverzüglich bei der Polizeiinspektion in Freising!«, befahl die unsympathische Stimme von Kommissar Herrmanns auf meinem Anrufbeantworter.

»Bei dir melde ich mich überhaupt nicht«, grummelte ich vor mich hin. Meine Gemütsverfassung hatte sich durch den Erwerb von todschicken dunkelbraun melierten Schnallenstiefeln zwar wieder stabilisiert, aber der unmögliche Ton von Kommissar Herrmanns stieß mir sauer auf. Natürlich ärgerte er sich, dass ich ihn quasi boykottierte, aber das hatte er sich selbst zuzuschreiben. Nur zu gerne würde ich den Herren

Kommissaren eigene Ermittlungsergebnisse präsentieren, sodass sie gezwungen wären, mir wieder mit mehr Respekt gegenüberzutreten. Angestachelt durch den Gedanken an die beiden Herren nahm mein kriminalistischer Ehrgeiz erneut Fahrt auf. Was könnte Helga Würmtaler für einen Brief gemeint haben, wenn es sich nicht um den Drohbrief handelte? Ich hatte keine Ahnung, eigentlich kannte ich die Frau doch kaum. Ob Helga und Alex jetzt das Haus von Rosemarie erbten? Wahrscheinlich, meines Wissens nach gab es keine anderen Verwandten. Allerdings konnte ich mir auch gut vorstellen, dass Rosemarie in ihrem Testament verfügt hatte, ihren ganzen Besitz einer wohltätigen Einrichtung zu hinterlassen. Wann und wo würde eigentlich Rosemaries Beerdigung stattfinden, fragte ich mich, in der Zeitung hatte ich noch nichts darüber gelesen. Ob es ein Familiengrab der Würmtalers in Wippenhausen gab?

Ich ging in die Küche der Weinstube hinunter und kochte das Chili für den Abend vor, dann zog ich meine neuen Stiefel und einen dicken Anorak an und fuhr nach Wippenhausen.

23.

Die arktischen Temperaturen hatten dafür gesorgt, dass die Äste und Sträucher mit einer wunderschön glitzernden weißen Eisschicht überzogen waren. Die Natur bot auch ohne Schnee ein Bild wie aus einem Wintermärchen. Die Sonne, die sich seit Mittag gegen den Nebel durchgesetzt hatte, konnte dennoch nichts mehr ausrichten gegen die gnadenlose Kälte, die wie angekündigt langsam über das Land hereinbrach. Als ich gegen halb drei zu Hause weggefahren war, hatte es bereits sieben Grad unter Null, in einer Stunde würde die Zahl bestimmt schon zweistellig sein.

Ich wusste, dass es vor der Wippenhauser Kirche und dem angrenzenden Friedhof nur einen Parkplatz gab, den ich anstandshalber für den Pfarrer freihalten wollte. Um mich nicht in irgendeine Hofeinfahrt stellen zu müssen, ließ ich mein Auto auf dem großen Platz vor der Dorfwirtschaft stehen, die heute Ruhetag hatte. Bis auf einen bellenden Hofhund in der Nähe schien das Dorf wie ausgestorben, die Kälte trieb die Menschen in die warme Stube.

Ich marschierte den kleinen Berg zur Kirche hinauf und öffnete das gusseiserne Friedhofstor, das sich mit lautem Knarzen gegen die Bewegung wehrte. Von innen machte ich die Tür wieder zu und stieg die paar steinernen Stufen hoch. Der Friedhof war hufeisenförmig um die Kirche herum angelegt. Zumindest im vorderen Teil konnte ich niemanden sehen, offenbar war ich allein hier.

Die tief stehende Sonne tauchte die gelb angestrichene Kirche und die Gräber mit ihren funkelnd vereisten Pflanzen in ein wunderschönes, sanftes Licht, es war friedlich und still. Das einzige Geräusch weit und breit war der Kies, der unter meinen Sohlen knirschte.

Ich ging von Grab zu Grab und las die Namen der Verstorbenen. Es gab tatsächlich viele Familiengräber mit einer ganzen Reihe von Namen, die untereinander mit Geburts- und Sterbedatum aufgeführt waren, aber die Familie Würmtaler hatte ich noch nicht gefunden. Womöglich lag ihre Grabstätte im anderen Friedhofsteil hinter der Kirche. Ich studierte die Namen in der vorletzten Gräberreihe und blieb auf einmal wie angewurzelt stehen. Auf einem hellen Grabstein war mit großen, goldenen Buchstaben der Name »Sieger« angebracht, darunter standen einige Vornamen. Die letzten beiden Vornamen waren Margarete und Maximilian, beide waren im Alter von Mitte sechzig am selben Tag vor ungefähr drei Jahren gestorben. Könnten das die Eltern von Bernadettes Mann gewesen sein? Kam der Name Sieger im Raum Freising häufiger vor? Vielleicht war es nur reiner Zufall, überlegte ich, ich wusste doch gar nicht, ob Bernadettes Mann überhaupt aus unserer Gegend stammte. Ich ging weiter und wurde schließlich in der letzten Reihe des vorderen Friedhofteils fündig. In einen glänzenden schwarzen Granitstein war der Name Würmtaler eingemeißelt, die männlichen Verstorbenen hießen fast alle Rudolf. Bestimmt wollte auch Rosemarie hier ihre letzte Ruhe finden, wenn sie schon ihr ganzes Leben in Wippenhausen verbracht hatte. Vorne neben der Kirchentür war ein verglaster Informationskasten, in dem vielleicht etwas über die Beisetzung stehen würde. Ich war fest entschlossen, auf Rosemaries Beerdigung zu gehen, immerhin hatte sie mir meine Weihnachtsplätzchen gebacken.

Plötzlich knarzte die Friedhofstür. Ein kurzer Blick genügte, um zu wissen, wer gerade mit dem Rücken zu mir das Tor schloss.

Was soll ich jetzt machen, überlegte ich panikartig. Instinktiv huschte ich auf Zehenspitzen ein paar Schritte weiter nach links hinter den oberen Teil der Kirche und drückte mich mit dem Rücken an die Kirchenmauer.

Der Kiesboden knirschte in gleichmäßigen Intervallen, die Schritte kamen näher. Ich verharrte bewegungslos an der Mauer und wagte kaum zu atmen. Es herrschte absolute Stille.

Nach etwa einer Minute konnte ich es doch nicht lassen und neigte meinen Kopf vorsichtig etwas nach vorn, damit ich um die Ecke sehen konnte.

Bernadette stand mit gefalteten Händen am Sieger-Grab, sie hatte zwei frische rote Rosen auf die gefrorene Graberde gelegt. Vorsichtig zog ich meinen Kopf wieder zurück. Ich schämte mich fast, dass ich sie in so einem intimen Augenblick beobachtet hatte. Bernadette musste ein inniges Verhältnis zu ihren Schwiegereltern gehabt haben.

Nach einer Weile hörte ich erneut Schritte, die sich langsam entfernten. Ich wartete ab, bis ich das Knarzen der Friedhofstür vernommen hatte, dann wagte ich mich aus meiner Versteckstellung und ging ebenfalls zum Sieger-Grab.

Als ich auf die Rosen blickte, kam mir plötzlich in den Sinn, dass Bernadette nicht zwingend den Namen ihres Mannes tragen musste, vielleicht hatte er den ihren angenommen oder sie hatte ihren eigenen behalten. Könnte es nicht sein, dass dies das Grab von Bernadettes Eltern war? Merkwürdig, dass die beiden am gleichen Tag gestorben waren. Vielleicht hatten sie einen Unfall gehabt.

Ich fröstelte, auch der dickste Anorak konnte dieser Eiseskälte nichts entgegensetzen, also machte ich mich wieder auf den Weg zu meinem Auto. Bernadette würde bestimmt schon über alle Berge sein. Auf dem Weg warf ich einen Blick in den Glaskasten, aber für Rosemaries Beerdigung gab es noch keinen Termin.

Während ich im Auto sitzend meine eiskalten Hände rieb, sah ich im Rückspiegel Bernadettes silbernen BMW auf der Hauptstraße vorbeifahren. Ob sie mein Auto gesehen hatte? Eher nicht, ich wusste nicht einmal, ob sie meinen Minivan überhaupt kannte. Ich wartete sicherheitshalber noch ein paar Minuten, nicht dass sie mich während der Fahrt plötzlich im Rückspiegel erblicken würde, dann fuhr ich langsam in Richtung Freising zurück. Die kurvige Strecke durch den Wippenhauser Wald war nicht zu unterschätzen. Durch den Wind wurde immer wieder Eisgriesel von den Bäumen auf die Straße geblasen, sodass es auch bei trockener Kälte glatte Stellen gab.

Als ich an der Einmündung zum Waldweg vorbeikam, der zur Kreuzsäule führte, sah ich aus den Augenwinkeln heraus ein silbernes Auto am Wegesrand stehen. Das war doch Bernadettes BMW! Von Neugier gepackt, bog ich in den nächsten Waldweg ein und kehrte um, dann fuhr ich zurück und parkte abseits von Bernadettes Wagen am Rand des Nordic-Walking-Rundwegs hinter einem anderen Pkw. Was wollte Bernadette hier? Aus eigener Erfahrung wusste ich, dass die Dämmerung im Wald rapide voranschritt. Hatte ich nicht im Handschuhfach eine alte Taschenlampe liegen? Ich wühlte zwischen Lippenstiften und Tempos, bis ich das Ding fand. Die Batterien waren zwar schwach, aber besser als nichts.

Ich stieg aus und steckte die Taschenlampe in meine Jackentasche, noch war die Sicht ganz gut. Nach den ersten Metern überfielen mich Zweifel, was ich hier eigentlich tat. Sollte Bernadette doch bei Gefriertruhentemperatur in der Dämmerung im Wald herumspazieren, wenn sie Lust dazu hatte, was ging mich das eigentlich an? Jedenfalls war es merkwürdig, rechtfertigte ich mich vor mir selbst, und alles was merkwürdig war, interessierte mich.

Ich bemühte mich, möglichst leise zu gehen. Das ständige Knacken im Wald war mir noch vom letzten Spaziergang her vertraut und beunruhigte mich heute nicht mehr. War die Kreuzsäule Bernadettes Ziel? Wenn nicht, würde ich spätestens bei der Kreuzsäule wieder umdrehen, beschloss ich. Obwohl ich die Kapuze meines Anoraks aufgesetzt hatte, schmerzten meine Ohren vor Kälte. Nach etwa zehn Minuten ging ich etwas langsamer, da ich wusste, dass die Kreuzsäule nicht mehr weit entfernt sein konnte. Das Tageslicht hatte inzwischen merklich abgenommen, ich war froh, dass ich an die Taschenlampe gedacht hatte.

Endlich sah ich Bernadettes weißen Anorak, sie kniete auf der Betbank vor der Kreuzsäule. Die Situation hatte etwas Gespenstisches, was noch dadurch verstärkt wurde, dass Bernadette absolut regungslos in dieser Position verharrte. Vorsichtig ging ich nach rechts ein paar Meter in den Wald hinein und versteckte mich hinter einem dicken Baum, das leise Knacken unter meinen Sohlen schien Bernadette den normalen Waldgeräuschen zuzuordnen.

Nach zehn Minuten fror ich so dermaßen, dass meine Zähne anfingen zu klappern. Was war denn mit Bernadette, fror sie überhaupt nicht? Sie hatte sich während der ganzen Zeit nicht einmal bewegt. Warum hatte sie ausgerechnet bei diesen widerlichen Bedingungen das Bedürfnis, hier zu beten? Wenn Bernadette keine Taschenlampe bei sich hatte, sollte sie sich jetzt schleunigst auf den Weg machen, dachte ich ungeduldig. Außerdem empfand ich das permanente Geknacke im Wald langsam doch als unheimlich.

Plötzlich spürte ich etwas Kaltes, Spitzes an meinem Hals. Mir stockte der Atem, jemand stand dicht hinter mir. Ich wusste sofort, dass dieses Etwas an meinem Hals erbarmungslos zustechen würde, wenn ich auch nur den Versuch unternehmen würde, zu schreien.

24.

Die Person hinter mir hatte meinen Anorak gepackt und schob mich langsam nach vorn auf den Weg zurück. Als wir nur noch wenige Meter von der Kreuzsäule entfernt waren, drehte sich Bernadette abrupt um. Sie riss den Mund auf und starrte geschockt auf meinen Hals, das blanke Entsetzen stand in ihren Augen. Mein Angreifer drückte mich weiter zu Bernadette vor, die wie versteinert dastand.

»Los!«, rief eine Männerstimme hinter mir. Wer war das? Ich kannte die Stimme, aber ich hatte sie zu kurz gehört.

Der Mann schubste mich auf Bernadette, sodass ich sie fast umrempelte. Bernadette hatte die Absicht des Mannes verstanden und ging von uns dicht gefolgt in den Wald hinein. Wir stolperten über Äste und Wurzeln immer tiefer ins Gehölz, die Sicht wurde zunehmend schlechter.

Nach etwa zehn Minuten Fußmarsch rief der Mann »Stopp!« und drückte den spitzen Gegenstand wieder fester an meinen Hals. »Setz dich da hin an den Baum!«, befahl er Bernadette. In dem Moment wurde mir klar, wer mir ein Messer an die Kehle hielt.

»Alex!«, schrie ich auf und wunderte mich gleichzeitig, dass ein Laut aus meinem trockenen Mund kam.

»Halt's Maul!«, zischte er aggressiv und drückte mich brutal auf den Boden an die andere Seite des Baumes, wobei ich das Messer ununterbrochen an meinem Hals spürte.

Ich wagte nicht, meinen Kopf nach oben zu heben, um ihm ins Gesicht zu sehen. Alex zog etwas Helles aus seiner Jackentasche und warf es auf den Boden. »So, Frau Professor, du wirst jetzt ein Seil nehmen und eure Handgelenke aneinanderfesseln!«

Bernadette tat, was Alex sagte. Ich spürte ihren eiskalten linken Handrücken an meinem rechten, sie zitterte. Bernadette schlang mehrmals ein Seil um unsere Handgelenke, Alex brüllte: »Enger! Sonst schlachte ich die alte Schachtel ab, so schnell schaust du gar nicht. Mach einen Knoten! Los! Stell dich nicht so an!«

Bernadette nestelte mit einer Hand an dem Seil herum, bis Alex mit seiner freien Hand an einem Ende des Seils so fest anzog, dass ich vor Schmerz aufschrie.

»Zieh!«, forderte er Bernadette auf.

Endlich war er zufrieden, hob mit der freien Hand ein weiteres Seil vom Boden auf und ging an mir vorbei auf die andere Seite, das Messer wanderte an meinem Hals mit.

»Hände zusammen«, rief er ungeduldig, dann schlang er geschickt mit einer Hand das Seil um unsere anderen beiden Handgelenke, sodass wir um den Baum herum festgebunden waren. Als er sicher war, dass wir uns nicht innerhalb einer Sekunde befreien konnten, legte er schnell das Messer auf den Boden und ergriff hastig die beiden Seilenden.

»So«, keuchte er, während er ruckartig mehrmals zuzog und anschließend mehrere Knoten machte. »Wenn ich die Pistole nicht in der Isar versenkt hätte, wär's schneller gegangen. Dafür könnt ihr euch jetzt noch ein paar Gutenachtgeschichten erzählen, bevor ihr langsam einfriert. Oder soll ich euch gleich die Kehle durchschneiden?« Er lachte dreckig. »Lieber nicht, sonst versaue ich mir noch meine hübschen Reiseklamotten.«

Er ging wieder an mir vorbei und schlang ein weiteres Seil um mein rechtes Handgelenk. »Nur zur Sicherheit«, sagte er zynisch, »Frau Professor hat einen schwachen Zug.« Er zerrte das Seil so fest zusammen, dass es uns das Blut abschnürte.

Als er mit dem Fesseln endlich fertig war, erhob er sich und sah mir ins Gesicht. Er schüttelte den Kopf, wie wenn man ein kleines Kind schimpft. »Die Neugierde, die Neugierde. Warum hast du meine Briefchen nicht ernst genommen, wo ich mir doch so viel Mühe mit der Tinte gegeben habe.«

Mein psychischer Zustand war eine Mischung aus Todesangst und Verwirrtheit, trotzdem hatte ich verstanden, dass die

Drohbriefe von Alex waren und dass es sich bei der Tinte also doch um Blut gehandelt hatte. Jetzt wusste ich auch, weshalb mich der junge Konrad auf der Polizeiinspektion so entgeistert angesehen hatte, als ich von Glühwein gesprochen hatte. Hoffentlich würde Alex endlich verschwinden.

Er klopfte sich den Schmutz von seiner Hose und bemerkte nebenbei: »Ach ja, die Frau Professor hat noch auf der Liste gefehlt. Die arme Frau. Verdient man wirklich so wenig in deinem Job? Dein Angebot war ein Witz, geradezu lachhaft!«

Alex riss Bernadette die Jacke auf und suchte ihre Innentaschen ab. »Na also«, sagte er lächelnd, richtete sich auf und zählte die Geldscheine in Bernadettes Portemonnaie.

»Ein Amerikaner hat mir das Fünffache bezahlt«, meinte er spöttisch zu Bernadette. »Der Mann hat mich übrigens überzeugt, dass es sich unter Palmen in der Sonne wesentlich besser leben lässt als hier im schweinekalten Bayern. Bye-bye, meine Damen, ich muss jetzt leider gehen, mich friert's!«

Er drehte sich um und marschierte zurück in die Richtung, aus der wir gekommen waren.

Ängstlich lauschte ich seinen Schritten hinterher, bis ich nichts mehr hören konnte. Einerseits war ich erleichtert, dass er endlich weg war, andererseits war die Situation, in der ich mich nun befand, auch nicht gerade rosig. Ich war zusammen mit meiner Erzfeindin Bernadette im Wippenhauser Forst an einen Baum gefesselt, die Nacht brach herein, und eine Kaltfront mit minus zwanzig Grad war im Anmarsch. Wie lange würde es dauern, bis ein Mensch bei diesen Temperaturen erfror?

»Was hast du hier gemacht?«, tönte es auf einmal höchst unfreundlich von der anderen Seite des Baumes zu mir herüber.

»Ich dachte, du könntest mir vielleicht erklären, was das hier alles soll«, keifte ich zurück.

Bernadette antwortete nicht. Selbst in diesem Moment, wo wir quasi auf Leben und Tod miteinander verbunden waren, herrschte eine Stimmung zwischen uns, die mindestens so eisig war wie die Temperaturen um uns herum. Meine Fingerspitzen waren bereits taub, ausgerechnet heute hatte ich auf Handschuhe verzichtet. Wenigstens trägt Bernadette auch keine, sagte ich mir zum Trost.

Das Knacken im Wald nahm eher zu als ab. Wenn mich jetzt ein Wildschwein angreifen würde, könnte ich mich nicht einmal wehren, schoss es mir durch den Kopf. Der Mond ging langsam auf und spendete etwas Licht zwischen den Bäumen, die lange, gespenstische Schatten warfen. Die Aufregung von vorhin hatte mich die Kälte nicht spüren lassen, umso heftiger aber empfand ich sie jetzt.

Während ich vor mich hin schlotterte, versuchte ich die vergangenen Ereignisse in meinem Kopf zu ordnen. Alex hatte mich in meinem Hinterhof überfallen und mir Drohbriefe geschickt, und nun hatte er mir ein Messer an den Hals gedrückt und mich zum Erfrieren hier festgebunden, aber warum das alles? Hatte er Angst, dass ich etwas herausfinden würde oder bereits herausgefunden hatte, was ich nicht wissen durfte? Und was sollte die Bemerkung mit der Pistole, die er in der Isar versenkt hatte? Ein abscheulicher Verdacht beschlich mich. Hatte er womöglich seinen eigenen Vater erschossen? Und was hatte Bernadette mit der ganzen Geschichte zu tun? Sie machte keinen Mucks. Ich schätzte, dass wir mindestens schon eine halbe Stunde lang schweigend am Baum lehnten, bis mir die Stille auf einmal unerträglich wurde. Warum sagte sie nichts? Meine Todesangst kehrte zurück. Wer sollte uns hier finden? Kein normaler Mensch war um diese Zeit bei diesen Temperaturen im Wald unterwegs. Ob Andreas die Polizei benachrichtigen würde, wenn ich heute Abend nicht in der Weinstube erschien? Und selbst wenn, er hatte doch keine Ahnung, wo ich stecken könnte.

»Bernadette«, sagte ich unsicher, »glaubst du, dass man uns finden wird?«

»Irgendwann sicher«, entgegnete sie trocken.

Das war nicht die Antwort, die ich hören wollte.

»Warum bist du mir hinterhergeschlichen?«, fragte sie mit leiser, aber eindringlicher Stimme.

Obwohl mir die Antwort peinlich war, gab ich es offen zu. »Ich habe dein Auto vorne an der Straße gesehen und wollte wissen, was du hier tust.«

Bernadette seufzte. »Weißt du es jetzt?«

»Ja, du hast gebetet.«

»Das hättest du nicht erwartet, was?«, meinte sie sarkastisch.

Ich wusste nicht, was ich darauf antworten sollte. Eigentlich war jetzt sowieso schon alles egal, deshalb fragte ich auch gleich noch: »War das vorhin das Grab deiner Eltern auf dem Wippenhauser Friedhof?«

Bernadette atmete hörbar laut ein, natürlich hatte ich damit zugegeben, dass ich sie auch auf dem Friedhof beobachtet hatte. »Maja, ich hasse dich!«, brüllte sie durch die Stille, ihre Stimme hallte unheimlich im Wald nach.

»Ich war schon vorher auf dem Friedhof, und als ich dich kommen sah, hab ich mich hinter der Kirche versteckt«, setzte ich wahrheitsgetreu nach.

Wieder herrschte Funkstille zwischen uns.

Auf einmal zerrte Bernadette wie wild an meinem linken Handgelenk. »Vielleicht können wir das Seil so lange an der Baumrinde scheuern, bis es durch ist!«, rief sie aufgeregt. Wir wetzten mit unseren Handgelenken am Baum, aber das Einzige, was wir aufrieben, war die Haut unserer Hände.

»Es hat keinen Sinn«, gestand sich Bernadette nach einer Weile ein.

Wir drückten die Arme an den Baum und zogen sie nach oben, um unsere Ärmel möglichst weit über die Handgelenke zu schieben. Wenigstens die Handinnenflächen bekamen so etwas mehr Stoff ab. Ich schloss meine Finger zu einer Faust, Bernadette tat es mir gleich. Meine Zehen in den Schuhen waren inzwischen gefühllos, allmählich wurde mir die Aussichtslosigkeit unserer Situation erst richtig bewusst. Wenn uns innerhalb der nächsten Stunden niemand finden würde, würden wir diese Nacht im Freien nicht überleben.

»Mein Mann hat bei unserer Heirat meinen Namen angenommen«, sagte Bernadette plötzlich. »Sie sind bei einem Flugzeugabsturz ums Leben gekommen.« Es dauerte einen Moment, bis ich verstand, dass sie von ihren Eltern sprach. »Sie stammten beide aus Wippenhausen, aber wir sind nach Freising gezogen, als ich noch ein Kind war.«

Inzwischen interessierte ich mich mehr für mein eigenes Schicksal als für das von Bernadettes Familie, deshalb fragte ich nicht weiter nach.

»Willst du denn gar nicht wissen, warum wir jetzt hier erfrieren sollen?« Bernadette hatte auf einmal das Bedürfnis zu reden, meine Gedanken kreisten jedoch nur um Viola und um meine Enkelkinder. »Zuerst schnüffelst du überall herum, und jetzt ist dir die Wahrheit egal?«, insistierte Bernadette weiter.

»Nein«, presste ich aus meinen gefrorenen Lippen heraus, »ich habe nur gerade an meine Tochter gedacht.«

»Ich hätte auch gerne eine Tochter gehabt«, sagte Bernadette mit leiser Stimme.

Sie schwieg wieder eine Weile, dann zog sie leicht an meinem linken Handgelenk, um sich in eine andere Position zu bringen. »Kennst du die Geschichte vom Heiligen Kreuz von Wippenhausen?«, fragte sie mich.

»M-m«, verneinte ich mit geschlossenem Mund.

»Maja, hör gut zu, was ich dir jetzt sagen werde. Vielleicht überlebt ja wenigstens eine von uns beiden, dann kommt die Wahrheit doch noch ans Licht.«

Ich schloss die Augen und lauschte Bernadettes Erzählungen.

25.

»Vor etwa dreihundert Jahren haben zwei Jäger hier im Wald ein zerbrochenes Holzkreuz gefunden. Auf das Kreuz war ein Bildnis Christi mit der darunter stehenden schmerzhaften Mutter Gottes geheftet. Die Jäger haben das Kreuz wieder zusammengefügt und anschließend eine Kerbe in einem Fichtenbaum ausgeschlagen und das Kreuz darin befestigt. Der Baum mit dem Kreuz sollte eine Art Treffpunkt sein, an dem sie sich heilsame Gedanken machen konnten, wenn einer auf den anderen wartete.«

Ich fragte mich, was das alles damit zu tun hatte, dass wir hier an einen Baum gefesselt langsam erfroren.

»Etwa zwanzig Jahre später geschahen die ersten Wunder. Mütter haben vor dem Kreuz für ihre kranken oder verletzten Kinder gebetet, kurz darauf waren die Kinder geheilt. Die Wundertätigkeit des Kreuzes mit dem angehefteten Bild hat sich bald herumgesprochen, es gab immer mehr Berichte über Heilungen oder Gebetserhörungen aller Art.

Irgendwann wurde dann die Kerbe in dem Fichtenbaum durch das Wachsen des Baumes so eng, dass das Kreuz zerdrückt und das Bild durch das herabfließende Pech verschmutzt wurde.

Man hat es gereinigt und das Kreuz in einem Altar mit vorgezogener Glasscheibe wieder an der gleichen Stelle aufgestellt, dort, wo heute zum Gedenken an das Heilige Kreuz die Kreuzsäule steht.«

Bernadette machte eine Pause.

»Maja, mein Mund ist so trocken, aber du musst es erfahren«, fuhr sie dann unbeirrt fort. »Von da an hatte das Kreuz wachsenden Zulauf, und man berichtete von den verschiedensten Heilungen. An manchen Tagen sollen dreißig bis vierzig Personen vor dem Kreuz gezählt worden sein.«

Bernadettes Geschichte war ja ganz interessant, aber worauf wollte sie eigentlich hinaus?

»Da viele Gläubige dort Opfergaben niedergelegt haben, hat man das Kreuz aus Sicherheitsgründen in die Wippenhauser Kirche überführt. Es entstand die Wallfahrt zum Heiligen Kreuz in Wippenhausen, die Pfarrvikare haben im Wippenhauser Kreuzbuch fast zweihundertfünfzig Mirakelberichte eingetragen.«

Ein Mirakel könnten wir jetzt auch gebrauchen, dachte ich.

»Um das Jahr 1772 wurde das Heilige Kreuz aus der Wippenhauser Kirche von unbekannten Dieben gestohlen und ist seitdem nie wieder aufgetaucht.«

Bernadette legte wieder eine Pause ein, ich hörte an ihrer immer schwächer werdenden Stimme, dass sie das Sprechen sehr anstrengte.

»Das war die offizielle Version, Maja«, fügte sie an.

Warum hatte sie mir die Geschichte denn nun erzählt?

»Die Wahrheit ist, dass das Heilige Kreuz von Wippenhausen seit über zweihundert Jahren im Besitz der Familie Würmtaler war.«

Hatte ich Bernadette richtig verstanden? Wie war das möglich?

»Maja, kannst du mich noch hören?«, fragte Bernadette mit zitternder Stimme.

»Ja, Bernadette, ich höre dich«, antwortete ich undeutlich. Mein Sprechapparat war so eingefroren, dass ich nur noch lallen konnte.

»Die Würmtalers haben das Kreuz von Generation zu Generation weitergegeben«, fuhr Bernadette fort, »und bestimmt haben sie auch von der Wundertätigkeit des Kreuzes profitiert.«

»Aber woher ...«, meine Stimme wollte nicht mehr so wie ich, »aber woher weißt du das?«, brachte ich mühsam heraus.

»Der Vater von Rudi Würmtaler hat es meinem Großvater im Suff erzählt. Mein Großvater war sicher, dass es die Wahrheit war, auch wenn der alte Würmtaler hinterher alles abgestritten hat. Mein Vater hat mir einen Brief bei seinem Rechtsanwalt hinterlassen, in dem er dieses Wissen an mich weitergegeben hat.«

Unglaublich, dachte ich, die Geschichte hatte mich nun doch so gefesselt, dass ich kurzzeitig von unserem eigenen Schicksal abgelenkt worden war.

»Jetzt fragst du dich natürlich, warum ich dir das alles erzählt habe. Mein Mann und ich, wir haben ... wir wollten ...« Bernadette versagte die Stimme.

»Bernadette, bitte rede weiter«, ermutigte ich sie.

»Wir hätten so gerne Kinder gehabt. Ich habe drei Fehlgeburten erlitten, es war schrecklich. Meine Gedanken kreisten nur noch um meine Unfähigkeit, ein Kind zu bekommen. Ich war völlig am Ende, wir wussten uns einfach keinen Rat mehr. Da fiel mir das Heilige Kreuz wieder ein, und ich habe meinem Mann davon erzählt. Wir schöpften neuen Mut, unser Wunsch, vor dem Kreuz um Hilfe zu bitten, wuchs von Tag zu Tag. Wir waren überzeugt davon, dass es uns helfen würde. Schließlich sind wir zu Rudi Würmtaler gegangen und haben ihn mit unserem Wissen konfrontiert, aber er hat alles abgestritten. Immer wieder habe ich ihm Briefe geschrieben, aber er hat nicht reagiert.«

»Er war krank, er hatte Krebs«, steuerte ich schwerfällig bei. Mein Geist war immer noch hellwach, aber mein Körper war müde.

»So etwas habe ich vermutet«, gab Bernadette zu. »Aber warum hat er uns nicht einmal die Möglichkeit gegeben, vor dem Kreuz zu beten?« Bernadettes Stimme klang trotz Schwäche sehr verbittert.

»Dann haben wir ihm viel Geld angeboten, aber selbst das hat ihn nicht umgestimmt. Er hat gesagt, dass das Kreuz zu einer Zeit verschwunden ist, in der Räuber im ganzen Land ihr Unwesen getrieben haben. Diese Räuber haben ohne Ehrfurcht und Respekt alles zu Geld gemacht, was sie in die Finger bekamen. Er sagte, vielleicht habe jemand das Kreuz damals als Vorsichtsmaßnahme versteckt, um es vor kriminellen

Händlern zu schützen. Seiner Meinung nach dürfe man so einen heiligen Gegenstand niemals für Geldmachereien missbrauchen. In unseren Augen war das ein Geständnis, dass seine Familie natürlich aus hehren Beweggründen das Kreuz damals an sich genommen hatte und dass er es tatsächlich besaß. Maja, hörst du mich?«, vergewisserte sich Bernadette erneut.

»Ja«, murmelte ich. Bernadette schien noch mehr Kraft zu haben als ich, das Sprechen hielt sie offenbar wärmer.

»Rudi Würmtaler hatte wohl Angst, dass wir sein Geheimnis verraten würden und er den wertvollen Familienbesitz wieder hergeben müsste. Aber es war nicht sein Besitz! Das Kreuz gehört allen Christen!«

Bernadettes Wut ließ sie wieder deutlicher sprechen.

»Wir wollten es nicht nur für uns selbst haben, sondern allen Gläubigen wieder die Möglichkeit geben, vor dem Kreuz beten zu können. Wir betrachteten die Rückholung des Heiligen Kreuzes immer mehr als eine Mission, die auch drastischere Mittel rechtfertigte. Wir haben Herrn Hollstein engagiert, einen Privatdetektiv. Ich mache mir solche Vorwürfe«, gab sie bedrückt zu. »Wir hofften, dass wir dem Würmtaler vielleicht eine Affäre oder sonst irgendetwas nachweisen konnten, womit wir ihn unter Druck hätten setzen können. Zunächst kamen wir tatsächlich einer außerehelichen Beziehung auf die Spur, die uns jedoch nichts genützt hat. Seine Frau hat die Liebelei mit dieser Beate toleriert. Aber dann hatte Herr Hollstein die Idee, dass wir uns auch den Sohn etwas genauer ansehen könnten. Das war ein tödlicher Fehler.«

»Bernadette, ich habe Schmerzen in den Armen und Beinen«, unterbrach ich sie.

»Ich auch, Maja, aber ich versuche, nicht daran zu denken.« Bernadette war fest entschlossen, mir die Geschichte zu Ende zu erzählen und redete weiter.

»Herr Hollstein hat Alex Würmtaler beschattet und ist ihm auf seinen nächtlichen Fahrten gefolgt. Alex Würmtaler hat sich regelmäßig gegen zwei Uhr nachts mit seinem weißen Lieferwagen ohne Firmenaufschrift auf den Weg nach Schweitenkirchen gemacht. In der Nähe von Schweitenkirchen hat er sich auf einem dunklen Parkplatz mit verschiedenen Männern getroffen, die meist Lieferwagen mit polnischem Kennzeichen fuhren. Dann haben die Männer ganze Rinder- und Schweinehälften aus dem polnischen Lieferwagen in den Wagen vom Würmtaler umgeladen. Weißt du, was das heißt? Das heißt, dass die Nummer mit heimischen Produkten nichts als Lug und Betrug war! Das Fleisch, das die Würmtalers verarbeitet haben, kam zu einem Großteil nicht von kontrollierten Bauernhöfen aus dem Landkreis, sondern es war billiges Fleisch aus osteuropäischen Ländern! Wir wussten, wenn dieser Skandal ans Licht käme, wäre es aus und vorbei mit der Metzgerei Würmtaler.«

Ich war entsetzt, ich hätte Rudi niemals zugetraut, dass er seine Kunden auf diese Art betrügen könnte.

Bernadette machte eine kurze Pause, um wieder Kraft zu sammeln.

»Herr Hollstein hat Beweisfotos gemacht, deren Qualität allerdings nicht besonders gut ist. Wir sind zu dritt zu Rudi Würmtaler gegangen und haben ihm die Beweisfotos hingelegt. Er hat seinen Sohn sofort erkannt und war völlig außer sich. Ich glaube wirklich, dass er keine Ahnung hatte, in welche dunklen Geschäfte Alex verwickelt war. Er hat uns um eine Woche Aufschub gebeten, bevor wir etwas unternehmen würden, er wollte zuerst mit seinem Sohn sprechen. Da wir immer noch Hoffnung auf das Heilige Kreuz hatten, haben wir uns daran gehalten.«

Mehrere knackende Geräusche in der Nähe schreckten uns auf. Was war das? Ein wildes Tier oder vielleicht doch ein Mensch?

»Hilfe, Hilfe!«, rief Bernadette schwach. Ich stimmte mit ein und versuchte ebenfalls, das Wort »Hilfe« deutlich zu artikulieren. Sollten wir doch noch gefunden werden? Die Aufregung trieb meinen Puls nach oben, meine Schreie wurden lauter. Mit vereinten Kräften versuchten wir, möglichst laut auf uns aufmerksam zu machen, aber der Klang unserer Stimmen verhallte im Nichts. Nach einigen Minuten gaben wir auf, es musste doch ein Tier gewesen sein. Die Hilfeschreie hatten meinen Körper etwas erwärmt, ich konnte wieder deutlicher sprechen.

»Bernadette, erzähl weiter«, forderte ich sie auf, »ich kann das alles kaum glauben.«

»Was dann passiert ist, hast du ja miterlebt. Ein paar Tage später ist Rudi vor unseren Füßen in der Chorprobe gestorben.« Bernadette seufzte schwer. »Ich war schockiert, aber natürlich habe ich damals nicht geahnt, dass Alex seinen eigenen Vater erschossen hatte. Wahrscheinlich kam es zwischen den beiden zum Streit, weil Alex seine gewinnbringenden kriminellen Geldgeschäfte weiterführen wollte.«

Das Schicksal des schönen Rudi ging mir nah, obwohl sich unsere Wege längst getrennt hatten.

»Alex hat uns am nächsten Tag besucht und uns eine haarsträubende Geschichte erzählt. Sein Vater habe ihn wegen des Fleischhandels zur Rede gestellt, und er habe alles eingesehen. Als er seinen osteuropäischen Geschäftspartnern mitteilte, dass er aussteigen wolle, hätten diese ihm gedroht. Daraufhin wollte sein Vater selbst mit den Leuten verhandeln. Alex sei sich sicher, dass sein Vater von einer organisierten osteuropäischen Verbrecherbande erschossen worden war und dass er selbst sich ebenfalls in Lebensgefahr befand, wenn er oder wir zur Polizei gingen. Natürlich erschien uns diese Geschichte im ersten Moment glaubhaft, außerdem konnte oder wollte ich mir nicht vorstellen, dass Alex tatsächlich seinen Vater erschossen haben könnte. Wir sprachen Alex auf das Heilige Kreuz an. Er hat sofort zugegeben, dass es im Besitz seiner Familie sei und dass ihm sein Vater erzählt habe, dass wir es kaufen wollten, er wisse jedoch nicht, wo es sich im Augenblick befinde. Sein Vater habe ihm gesagt, es sei in einem Schließfach in einer Bank, aber er habe keinen Schlüssel gefunden. Wenn er den Schlüssel finden würde, habe er kein Problem damit, das Kreuz zu verkaufen. Dann bat er uns noch einmal eindringlich, nicht zur Polizei zu gehen, da er um sein Leben fürchte.«

Bernadette stöhnte. »Wir waren so blöd, Maja, wir haben diesem Vatermörder tatsächlich geglaubt!«

»Mach dir keine Vorwürfe, Bernadette, der Mann hat alle getäuscht.« Es war nicht zu fassen, wozu dieser scheinbar sympathische Mensch fähig war.

»Als wir drei Tage lang nichts mehr von Alex Würmtaler gehört hatten, habe ich in der Metzgerei einen Brief für ihn abgegeben, um zu fragen, ob er den Schließfachschlüssel denn nun gefunden hätte. Bei der Gelegenheit hast du mich ja gesehen«, fügte sie an. »Kurz darauf hat er sich telefonisch bei mir gemeldet und gesagt, dass er mit seiner Tante reden müsse, vielleicht wisse sie, wo der Schlüssel versteckt ist. Man könne sich jedoch inzwischen über den Preis unterhalten, es gäbe mittlerweile auch einen Interessenten aus Amerika. Dieser Schuft hatte doch tatsächlich sofort nach dem Tod seines Vaters damit begonnen, das Heilige Kreuz auf irgendeinem Schwarzmarkt anzubieten, um es möglichst teuer zu verscherbeln! Da mein Mann wieder in Stuttgart war und ich bis spät abends arbeiten musste, hatte sich Herr Hollstein angeboten, mit Alex Würmtaler über den Verkauf des Kreuzes zu sprechen. Er beruhigte mich und sagte, dass andere Interessenten womöglich mehr Geld für das Kreuz bieten könnten, dass wir Alex jedoch mit unserem Wissen über seine dunklen Geschäfte in der Hand hätten. Herr Hollstein hatte mir am Abend noch auf meine Mailbox gesprochen, dass er sich mit Alex in einer Kneipe treffen würde. Das war das Letzte, was wir von ihm gehört haben.«

Zusätzlich zu den Schmerzen in meinen Armen und Beinen wurde ich jetzt auch noch von Rücken- und Schulterschmerzen geplagt. Die Position, in die uns Alex gezwungen hatte, war mehr als unbequem, aber ich hatte kaum Spielraum, etwas daran zu ändern.

Bernadette redete weiter.

»Ich bin sicher, dass Herr Hollstein nicht durch einen Unfall ums Leben gekommen ist. Alex wollte den einzigen Zeugen loswerden, den es für seine kriminellen Geschäfte gab. Die

Fotos, die Herr Hollstein geschossen hatte, waren von der Qualität her so schlecht, dass sie als Beweismittel wahrscheinlich nicht ausreichend gewesen wären. Alex hat sich vermutlich zum Schein mit Herrn Hollstein geeinigt, dass wir das Heilige Kreuz bekommen würden, anschließend haben die beiden auf den Geschäftsabschluss etwas getrunken. Alex hat Herrn Hollstein vorsätzlich mit reichlich Alkohol abgefüllt und ihn später irgendwo in der Nähe der Isar so gestoßen, dass er bewusstlos wurde. Dann hat er ihn im Wasser abgelegt, damit das Ganze wie ein Unfall aussah. So oder so ähnlich wird es sich abgespielt haben.«

Bernadette rang um Fassung, sie fühlte sich wohl mitschuldig am Tod des Privatdetektivs. Nach einer kurzen Pause fuhr sie fort:

»Kurz nach dem Tod von Herrn Hollstein bekam mein Mann in Stuttgart Besuch von zwei Kriminalbeamten, sie wollten wissen, weshalb er Herrn Hollstein engagiert hatte. Mein Mann hat sie angelogen und gesagt, dass er an meiner Treue gezweifelt hat, Herr Hollstein habe ihm jedoch kurz vor seinem Tod telefonisch mitgeteilt, dass er keine Hinweise auf Untreue hatte finden können. Mein Mann wollte verhindern, dass die Polizei unseren Handel mit Alex gefährden würde. Zwei Tage später hat mich Alex angerufen und mir gesagt, dass er sich große Vorwürfe mache, weil er sich nach dem ausgiebigen Kneipenbesuch nicht mehr um den angetrunkenen Herrn Hollstein gekümmert hatte und einfach nach Hause gegangen war. Es war das erste Mal, dass uns Alex' Verhalten merkwürdig vorkam, aber wir haben die schlimmen Gedanken einfach verdrängt. Das Heilige Kreuz war der letzte Strohhalm, an den wir unsere Hoffnung geklammert hatten. Wir waren wie besessen von dem Plan, das Kreuz für uns und für alle anderen Menschen in Not zurückzuholen.«

Bernadette kämpfte hörbar mit ihrem schlechten Gewissen. Der dringende Kinderwunsch hatte sie nicht zuletzt daran gehindert, Alex Würmtaler so zu sehen, wie er tatsächlich war.

»Warum hast du Beate verfolgt?«, wollte ich wissen.

»Weil ich gehofft habe, dass Rudi Würmtaler vielleicht mit ihr über das Kreuz und über den Schlüssel gesprochen hat. Er war fast jeden Abend bei ihr, und ich hatte sogar den Verdacht, dass er den Schließfachschlüssel bei Beate deponiert hatte. Inzwischen ist mir natürlich klar, dass der Schlüssel bei Rosemarie war.«

Ein Puzzleteilchen fügte sich ans nächste. Alex hatte also das Haus seiner Tante nach dem Schlüssel durchsucht. Mir fiel wieder ein, wie Beate erzählt hatte, dass Rudi immer zu seiner Schwester zum Beten gefahren war. Vermutlich hatte Alex bei seiner Tante anstelle des Schlüssels gleich das wahrhaftige Heilige Kreuz gefunden. Rosemarie hatte sich bestimmt geweigert, das Kreuz herauszugeben, deshalb hatte er sie ebenfalls in den Tod gestoßen. Und um die Tat nach einem Raubmord aussehen zu lassen, hatte er jegliches Bargeld und alle anderen Wertgegenstände mitgenommen, die er gefunden hatte. Was für ein abscheulich schlechter Mensch! Bestimmt hatte Rudi seinem Sohn den Bären mit dem Banksafe absichtlich aufgebunden, damit Alex nicht auf dumme Gedanken kommen würde. Die Geldgier seines Sohnes und seiner Frau hatte ihn vorsichtig werden lassen. Ob Helga Würmtaler in die Sache eingeweiht gewesen war?

»Als ich dich bei Rosemarie gesehen habe, wäre ich am liebsten auf dich losgegangen«, riss mich Bernadette aus meinen Gedanken. »Ich hatte Angst, dass du mit deiner Schnüffelei alles kaputt machen würdest und Alex das Kreuz überstürzt an jemand anders verkaufen würde, bevor du von Rosemarie etwas darüber erfahren konntest.«

Jetzt verstand ich Bernadettes hasserfülltes Verhalten mir gegenüber. Auch leuchtete mir ein, warum Alex versucht hatte, Beate als wirr darzustellen. Natürlich hatte er Angst, dass Rudi mit ihr über das Kreuz gesprochen hatte.

»Meinst du, Rudi wollte damals zu dir, als er angeschossen in die Chorprobe gekommen ist?«, fragte ich Bernadette.

»Ja. Er wusste, dass ich im Neustifter Kirchenchor sang und freitags Probe hatte, ich hatte es einmal erwähnt. Bestimmt wollte er das Kreuz vor den kriminellen Machenschaften seines Sohnes schützen und mir sagen, wo es war. Leider ist er nicht mehr dazu gekommen, sodass noch mehr Menschen sterben mussten.«

»Glaubst du denn, dass dir Rosemarie das Kreuz gegeben hätte?«, zweifelte ich.

»Sie hat mir gegenüber genau wie ihr Bruder immer abgestritten, dass ihre Familie irgendetwas mit dem Verschwinden des Heiligen Kreuzes zu tun hatte. Wenn sie allerdings gewusst hätte, welch barbarischen Neffen sie hatte, hätte sie das Kreuz wahrscheinlich lieber mir überlassen.«

Erschüttert über die Kaltblütigkeit von Alex Würmtaler lehnte ich meinen Kopf an den Baum. Die Schmerzen in meinem Körper ließen zwar nach, dafür konnte ich mich jedoch kaum noch bewegen.

26.

Ich wurde müde, aber ich wollte nicht einschlafen. Ich fühlte, dass der Schlaf der Anfang vom Ende sein würde.

»Woher wusste Alex, dass du heute hier an der Kreuzsäule sein würdest?«, fragte ich Bernadette. Mir war immer noch unklar, wie wir nun in diese missliche Lage geraten waren.

»Ach Maja, ich habe einfach die Geduld verloren. Gleichzeitig hatte ich große Angst, dass Alex das Kreuz an den Meistbietenden verkaufen und uns nur hinhalten würde. Ich habe ihn heute Nachmittag angerufen und ihm gesagt, dass ich davon ausgehe, dass er das Kreuz inzwischen gefunden hat. Wenn er sich nicht dazu entschließen kann, es uns zu überlassen, würde ich noch heute zur Polizei gehen. Er war sehr freundlich und sagte, er wäre inzwischen auch der Meinung, dass das Kreuz bei jemandem bleiben solle, der aus Wippenhausen stamme. Ich wollte nicht, dass er es sich noch einmal anders überlegt und habe ihn zur Übergabe des Kreuzes hierher bestellt. Es war mir ein Bedürfnis, das Kreuz an der Stelle in Empfang zu nehmen, an der die Wundertätigkeit ihren Anfang genommen hatte. Das Geld hatte ich bar dabei, ich war mir so sicher, dass alles klappen würde.«

Bernadette schluchzte leise auf. »Mein Mann hat nichts davon gewusst, ich wollte ihn überraschen ...« Sie war körperlich und moralisch am Ende.

»Vielleicht findet man uns ja doch rechtzeitig ...« Ich versuchte ihr Mut zu machen, obwohl ich selbst kaum noch Hoffnung hatte. Mir wurde schummrig vor den Augen. »Bernadette, du darfst nicht einschlafen!«, quetschte ich heraus.

Bernadette antwortete mit einem Seufzen.

Mühsam zwang ich mich, weiter über den komplexen Fall nachzudenken. Wer denkt, schläft nicht, sagte ich mir.

Bernadette hatte also tatsächlich geglaubt, dass ihr dieser

Schurke das Heilige Kreuz überlassen würde. Wie konnte sie nur so naiv gewesen sein und sich mit diesem kaltblütigen Verbrecher auf ein Geschäft im Wald einlassen? Ein eigenes Kind musste für sie wahrlich überlebenswichtig sein.

Woher hatte Alex eigentlich gewusst, dass ich Bernadette hinter dem Baum beobachtet hatte? Vermutlich saß er in dem Auto am Nordic-Walking-Rundweg, hinter dem ich meinen Wagen geparkt hatte. Er musste mich gesehen und verfolgt haben. Logischerweise konnte er keine Zeugen gebrauchen für das, was er vorhatte. Er hatte sich mit Bernadette im Wald verabredet, um sie umzubringen und dadurch Zeit für seine Flucht zu gewinnen. Natürlich wusste er, dass Bernadettes Mann ihn ebenfalls enttarnen würde, aber nicht in den nächsten Stunden. Bernadettes Mann war in Stuttgart und würde wahrscheinlich nicht sofort die Polizei rufen, wenn er seine Frau für ein paar Stunden nicht erreichen konnte. Alex hatte das Kreuz längst für eine horrende Summe an einen reichen Amerikaner verkauft und wollte nun mit dem Geld sein zukünftiges Leben in Saus und Braus irgendwo im Ausland finanzieren. Was hatte er gesagt? Ein Amerikaner hat ihn überzeugt, dass es sich unter Palmen in der Sonne besser leben lässt.

Meine Gedanken drifteten ab. Ich sah mich an einem weißen Strand in der Sonne liegen, in der Hand hielt ich eine ausgehöhlte Kokosnuss, aus der ich mit einem Strohhalm einen köstlichen Cocktail mit viel Rum schlürfte. Wohlige Wärme durchzog meinen Körper, alles war gut.

»Maja, Maja«, hörte ich eine schwache Stimme aus der Ferne. »Maja, du darfst nicht einschlafen!«

Warum nicht, dachte ich, die Kokosnuss ist gleich leer.

»Maja, bitte lass mich nicht allein«, wimmerte die Stimme.

Auf einmal war ich wieder da, in der Eiseskälte, mit Bernadette an einen Baum gefesselt. »Ich war kurz weg«, lallte ich.

Erschrocken, wie schnell ich die Kontrolle über mich verloren hatte, sagte ich mir, dass wir etwas unternehmen mussten.

»Bernadette, wenn wir uns gegenseitig daran hindern, dass wir einschlafen, können wir vielleicht die Nacht überstehen.«

»Was?«, hauchte Bernadette.

Meine Sprache war so unverständlich gewesen, dass ich den Satz noch einmal wiederholte. »Am Tag sind Leute auf dem Nordic-Walking-Weg«, hängte ich an.

»Ja«, sagte Bernadette leise. Hatte sie wieder Mut geschöpft?

Ich dachte an die bevorstehende Weihnachtszeit und an den ganzen Aufwand, den ich für die Feiertage im Kreise meiner Familie betrieben hatte. Das konnte doch nicht alles umsonst gewesen sein! Selbst die Vorstellung, eine Woche allein mit Violas Schwiegermutter zu verbringen, erschien mir auf einmal traumhaft schön. Ich wollte nur nach Hause.

»Maja?«, fragte Bernadette.

»Ja«, antwortete ich zum Beweis, dass ich nicht wieder eingeschlafen war. Nein, ich wollte nicht einschlafen und erfrieren! Und schon gar nicht jetzt, wo ich endlich die »Drei Kön'ge« singen durfte! Jahrzehntelang hatte ich darauf gewartet, da ließ ich mir doch nicht kurz vor dem großen Augenblick die Butter vom Brot nehmen!

Plötzlich hatte ich eine Idee, wie wir uns länger wach halten konnten. »Bernadette, lass uns was singen«, stammelte ich. »Bernadette!«

Sie antwortete nicht.

Ich atmete tief ein und fing mit zitternder Stimme an. »Drei Kön'ge wandern aus Morgenland ...«

Ganz leise hörte ich, dass Bernadette mit einstimmte. Wir wimmerten das schöne Stück in friedlicher Eintracht weiter, je länger wir sangen, desto besser hatte ich meine Stimme unter Kontrolle. Als wir schließlich zum Schluss kamen, presste ich mit dem Rest meiner Stimmkraft ein »Schenk mir dein Herz« heraus, das mich in der Lautstärke selbst überraschte. Falls das der letzte Ton gewesen sein sollte, den ich in meinem Leben gesungen hatte, hatte er wenigstens Substanz, dachte ich, während der Nachhall verklang.

»Bernadette, bist du noch wach?«, fragte ich unsicher, weil

ich nichts mehr von ihrem Gesang gehört hatte. Niemals hätte ich gedacht, dass ich bei diesem Stück Bernadettes Stimme hören wollte.

Sie antwortete nicht.

»Bernadette, es tut mir leid«, sagte ich kleinlaut.

»Mir auch, Maja«, entgegnete sie schwach.

Ich wurde auf einmal wieder todmüde, das Singen hatte mich überanstrengt. Wie lange wir noch durchhalten würden? Ich war dicker als Bernadette, würde sie eher erfrieren? Mein Bewusstsein wollte wieder in Träume abgleiten. Hatte es noch Sinn, zu hoffen?

»Bernadette?«, fragte ich.

Ich hörte nichts.

»Bernadette«, versuchte ich es noch mal, aber sie reagierte nicht.

Bernadette war eingeschlafen. Mein Wille, durchzuhalten, bröckelte. Ich dachte an das Heilige Kreuz und begann, den Rosenkranz zu beten. Nach kurzer Zeit konnte ich meine Gedanken nicht mehr steuern, mir war sogar so, als hörte ich Schritte. Ich wusste nicht, ob ich wach war oder träumte, aber ich hörte deutlich, wie Äste knackten und sich Schritte näherten. Mühsam versuchte ich, meine Augen zu öffnen, was mir nicht gelang. Vielleicht bildete ich mir alles nur ein. Die Schritte kamen immer näher, jemand stand vor mir und leuchtete mir ins Gesicht. Ich spürte, wie mein Augenlid nach oben gezogen wurde, das helle Licht blendete mich.

Sicher war Alex zurückgekommen, um nachzusehen, ob wir schon tot waren. Wer sollte sonst wissen, dass wir hier waren? Er ging ein paar Schritte von mir weg, wahrscheinlich begutachtete er Bernadette. Was hatte er vor? Es war mir egal, meine Gedanken ergaben keinen Sinn mehr, ich konnte mich nicht mehr gegen die Müdigkeit wehren.

Als ich wieder zu mir kam, lag ich nicht an einem weißen Strand und hielt auch keine ausgehöhlte Kokosnuss in der Hand, ich befand mich eindeutig in einem Krankenhauszimmer. Eine Krankenschwester saß neben mir und las. Wie war ich hierhergekommen? Mir fielen meine letzten Gedanken wieder ein, bevor ich eingeschlafen war. Hatte Alex es sich anders überlegt und uns doch nicht erfrieren lassen? Ich räusperte mich, um mich bemerkbar zu machen.

Die Krankenschwester schoss von ihrem Stuhl hoch und beugte sich über mich. »Sie sind im Krankenhaus, Sie wären fast erfroren. Wie geht es Ihnen?«

»Wo ist Bernadette?«, wollte ich sofort wissen.

»Die Frau, die mit Ihnen gefunden wurde, liegt auch noch auf der Intensivstation, aber sie ist ebenfalls über den Berg.«

Gott sei Dank, dachte ich erleichtert, alles wird wieder gut.

»Vor der Tür wartet der Herr Kommissar …«, begann die Krankenschwester.

»Nur herein mit ihm!«, sagte ich entschlossen. Obwohl ich noch sehr geschwächt war, war ich gespannt auf das Gesicht von Kommissar Scheffel, wenn ich ihm die ganze Wahrheit auf dem Silbertablett servieren würde.

Schreck lass nach! Kommissar Herrmanns kam zur Tür herein. »Frau Kuckuck, was ist heute Nacht passiert?« Der Mann hatte schon wieder einen Ton drauf, der mir überhaupt nicht gefiel.

»Wer hat uns hierher gebracht?«, erkundigte ich mich erst einmal.

»Ein Jogger. Er hat Ihr Auto gesehen und wenig später hat er angeblich einen schaurigen Gesang im Wald gehört. Er hat gedacht, dass Sie sich verirrt haben, weil er Sie schon einmal bei Dunkelheit aus dem Wald geführt hat, und dann hat er Sie gesucht. Also, was war heute Nacht los?«

»Sie können schon mal eine Großfahndung nach Alex Würmtaler einleiten, wegen dreifachen Mordes und zwei Mordversuchen. Den Rest erzähle ich nur Kommissar Scheffel«, schloss ich triumphierend meine kleine Ansprache.

Kommissar Herrmanns sah mich verärgert an, er kannte mich jedoch gut genug, um zu wissen, dass ich es ernst meinte.

Mit saurer Miene verließ er mein Krankenzimmer, um Kommissar Scheffel aufzutreiben.

Ich war glücklich, aber müde, deshalb ließ ich es zu, dass mich meine Träume wieder zum weißen Strand mit der Kokosnuss trugen.

27.

»Mit Rum!«, rief ich Ruth hinterher, die sich in meiner Küche zu schaffen machte und mir einen Tee zubereitete, während Kommissar Scheffel an meinem Bett saß. Seit zwei Tagen war ich wieder zu Hause und kurierte meine fiebrige Erkältung und meine Blasenentzündung aus. Die eiskalten Stunden im Wippenhauser Forst hatten ihre Spuren hinterlassen.

»Frau Kuckuck, Frau Kuckuck, wie schaffen Sie es nur, immer zur falschen Zeit am falschen Ort zu sein«, stöhnte Kommissar Scheffel.

»Zur richtigen Zeit am richtigen Ort«, korrigierte ich ihn. »Haben Sie Alex Würmtaler denn endlich gefasst?«

»Leider nein. Die Fahndung läuft auf Hochtouren, aber die Welt ist groß«, erklärte er entspannt. Kommissar Scheffel genoss es sichtlich, dass nun die Kollegen im Ausland gefordert waren, den Mörder aufzuspüren.

»Hattest du denn keine Angst vor wilden Tieren?«, fragte Ruth, während sie mir den Tee ans Bett servierte.

»Bei Zickenkrieg suchen Keiler und Böcke das Weite«, kommentierte Kommissar Scheffel die Frage seiner Frau.

»Wir haben uns versöhnt«, teilte ich den beiden mit. »Seit ich die Hintergründe für Bernadettes Verhalten erfahren habe, sehe ich sie in einem anderen Licht. Ihr Mann und sie denken jetzt über eine Adoption nach, vielleicht werden sie ja doch noch eine glückliche Familie. Bernadette wird sich übrigens einen anderen Chor suchen, hat sie mir versprochen. Sie hat gesagt, dass wir stimmlich nicht zusammenpassen, da gebe ich ihr natürlich recht.«

»Heute Nachmittag ist die Beerdigung von Rosemarie Würmtaler«, bemerkte Ruth.

»Ich weiß, Helga Würmtaler hat mir einen Brief geschrieben, in dem sie mir den Termin mitgeteilt hat. Was ist denn nun mit Helga? War sie in die Machenschaften ihres Sohnes eingeweiht?«, fragte ich gespannt.

»Nur zum Teil. Sie hat zugegeben, dass sie gewusst hat, dass ihr Sohn das Fleisch nicht immer von dem Bauern bezogen hat, der auf der Tafel im Laden stand. Von den anderen Dingen hatte sie keine Ahnung, sie hatte nicht einmal Kenntnis davon, dass das Heilige Kreuz im Besitz der Familie war. Ihr Mann hatte ihr wohl ebenfalls zugetraut, dass sie das Kreuz zu Geld machen könnte.«

Der Kommissar fuhr sich durch die Haare. »Als sie erfahren hat, dass ihr Sohn wahrscheinlich seinen eigenen Vater erschossen hat, ist sie mit einem Schock zusammengebrochen. Tragische Geschichte«, fügte er an.

Allerdings, dachte ich, und nippte an meinem heißen Tee. Die Frau war mir zwar nie sympathisch gewesen, aber irgendwie konnte sie einem leidtun. Innerhalb weniger Tage hatte sie ihre ganze Familie verloren.

»Die dicke Verkäuferin ist die einzige Person, die sich um sie kümmert, die anderen Leute wollen nichts mehr mit ihr zu tun haben. Kein Wunder, wenn man bedenkt, auf welche Art sie und ihr Sohn die Kundschaft betrogen haben.«

Kommissar Scheffel erhob sich schwerfällig von seinem Stuhl. »Wir wollen jetzt wieder gehen, damit Sie sich in Ruhe erholen können.«

»Hast du nicht etwas vergessen, Theo?«, fragte Ruth ihren Mann.

»Was denn?«

Ich hatte den Eindruck, dass der Kommissar an irgendetwas nicht erinnert werden wollte.

»Na, du weißt schon«, insistierte Ruth.

»Ach so, ja, also, ich gehe in einem Monat in Pension.«

»Und?« Ruth gab immer noch nicht auf.

Der Kommissar verlagerte sein Gewicht mehrmals von einem Bein auf das andere, bis er mir plötzlich seine Hand hinstreckte. »Ich heiße Theo!«, brachte er widerwillig heraus.

Ich traute meinen Ohren nicht, damit hätte ich niemals gerechnet. »Maja«, entgegnete ich etwas überrumpelt. Daran musste ich mich erst einmal gewöhnen.

Der Kommissar verabschiedete sich hektisch, um das Du nicht anwenden zu müssen.

Ich lehnte mich wieder zurück in mein Kissen und dachte nach. Wenn man Alex Würmtaler nicht fassen würde, könnte man wohl niemals herausfinden, in wessen Besitz das Heilige Kreuz jetzt war. Ich war überzeugt davon, dass Rudi das Märchen mit dem Schließfach nur für Alex erfunden hatte. Rosemarie hatte bestimmt darauf bestanden, täglich vor dem Kreuz beten zu können. Unglaublich, dass sich das Heilige Kreuz die ganzen Jahre über mitten in Wippenhausen befunden hatte.

Die Haustürglocke klingelte, die Besucher gaben sich heute bei mir die Klinke in die Hand.

Doris kam gut gelaunt mit ihrem Gipsarm hereingeschneit und ließ sich auf den Stuhl plumpsen, auf dem gerade der Kommissar gesessen hatte. Sie starrte mir ins Gesicht und meinte trocken: »Wie lange warst du eingefroren? Jünger siehst du jedenfalls nicht aus.«

»Herzlichen Dank«, knurrte ich.

»Maja, findest du nicht, dass wir etwas mehr für unser Äußeres tun sollten? Denk doch mal an diesen feschen Eiskavalier, dem sieht man sein Alter nicht an!«

Nanu, hatte Doris ihre Meinung über den eitlen Vorstadtcasanova Heinzi geändert?

»Ich hätte ein Weihnachtsgeschenk für dich, und ich hoffe, du sagst Ja!«

»Was denn?«, fragte ich neugierig.

»Was hältst du davon, wenn ich dich zwischen Silvester und Dreikönig auf einen Wellness-Urlaub einlade. Du weißt doch, dass ich mit meinem Gipsarm etwas gehandicapt bin, und deshalb wäre es gut, wenn mir jemand in manchen Dingen behilflich sein könnte.«

Ich triumphierte vor Glück. Das würde auch Violas Schwiegermutter verstehen, dass man seiner Freundin mit Gipsarm helfen musste. »Natürlich bin ich dabei!«, rief ich entzückt.

Meine ganzen Probleme hatten sich in Luft aufgelöst. Ich würde friedlich mit meiner Familie unter einer echten Nordmanntanne sitzen, Plätzchen essen und mit meinen Enkelkindern Eislaufen gehen. Salvatore würde seine Mutter wieder mit nach Hause nehmen, und die Freisinger konnten sich an Dreikönig auf einen Kunstgenuss der besonderen Art freuen.

Es würde ein wunderbares Weihnachtsfest werden!

Nachtrag zum Heiligen Kreuz von Wippenhausen:

Um das Jahr 1674 fanden zwei Jäger namens Martin Reiser und Wenzeslav Humel (überliefert sind auch die Jahreszahlen 1660 und 1670 und die Namen Martin Reger und Wenzeslaus Hummel) im Waldstück zwischen Pettenbrunn und Wippenhausen ein zerbrochenes Kreuz aus Birnbaumholz, an das ein farbiges Bildnis Christi samt der darunter stehenden schmerzhaften Mutter Gottes geheftet war. Die Jäger fügten das Kreuz mit Hilfe von Pech und Draht wieder zusammen und befestigten es in einer ausgeschlagenen Kerbe an einem Fichtenbaum, damit sie sich vor dem Bildnis stehend heilsame Gedanken machen konnten, wenn einer auf den anderen wartete.

Im Jahr 1693 geschahen die ersten Wunder. Die Frau eines Wippenhauser Holzknechts, Catharina Stöckl, betete vor dem Kreuz für ihren schwer verletzten siebenjährigen Jungen Joannes und legte ein Gelübde ab, dass sie im Fall der Erhörung eine bemalte Tafel opfern würde. Kurz darauf war der Junge geheilt. Eine weitere Mutter wurde im Schlaf aufgefordert, ihren stockblinden Jungen zu dem Kreuz zu führen, der daraufhin sehen konnte.

Um das Jahr 1695 verbreitete sich die Kunde von der Wundertätigkeit des Kreuzes mit dem Gnadenbild. Es mehrten sich Berichte über Erhörungen und Heilungen aller Art.

Schließlich wurde die Kerbe in dem Fichtenbaum durch das Wachsen des Baumes so eng, dass das Kreuz in vier Teile zerdrückt und das Bildnis mit herabfließendem Pech verschmutzt wurde, sodass man es nicht mehr erkennen konnte. Catharina Stöckl, die Frau des Wippenhauser Holzknechts, brachte es zum damaligen Pfarrvikar Pater Leonhard Haagn nach Wippenhausen, der es säuberte und reparierte. Sie ließ einen kleinen Altar mit vorgezogener Glasscheibe anfertigen und brachte das Kreuz darin zurück in den Wald an die alte Stelle.

Von nun an hatte das Bildnis wachsenden Zulauf von Hilfesuchenden, es wurde von verschiedensten Heilungen berichtet. Zu manchen Zeiten konnten dreißig bis vierzig Personen vor dem Kreuz gezählt werden, die dort auch ihre Opfergaben niederlegten. Da niemand diese Opfergaben in Verwahrung nehmen wollte, brachte der damalige Forstmeister und Kapitelherr des Hochstiftes Freising, Graf Johann Heinrich Franziskus Dominikus von Hohenwaldegg, einen Opferstock an. Alsbald verlangte jedoch der Landgerichtspfleger von Kranzberg, Franz Joseph Moser, den Schlüssel des Opferstocks, weil der gemeldete Fichtenbaum in dessen Gerichtsjurisdiktionsbereich gestanden haben soll.

Der Forstmeister machte darüber Meldung an den Freisinger Fürstbischof Johann Franz Eckher, dieser verlangte vom Wippenhauser Pfarrvikar Pater Leonhard Haagn einen ausführlichen Bericht über die neue Wallfahrtstätte. Der Fürstbischof ließ daraufhin das Kreuz mit dem Gnadenbild in die Wippenhauser Nikolauskirche überführen.

Die Verehrung des Bildnisses nahm weiter zu, es entstand die Wallfahrt zum Heiligen Kreuz in Wippenhausen. Der eifrige Pfarrvikar Haagn und die Vikare nach ihm schrieben alle Gebetserhörungen und Heilungen im Wippenhauser Kreuzbuch nieder, bis zum Jahr 1713 sind zweihundertneununddreißig Gebetserhörungen überliefert.

Nach dieser Zeit hören die Eintragungen auf. Grund dafür waren entweder die bayerisch-österreichischen Kriege oder die Nachlässigkeit der häufig wechselnden Pfarrvikare. Diesen war das Einschreiben ins Kreuzbuch wahrscheinlich lästig, sie stellten eher ein Attest über eine erfolgte Heilung aus (ein Attest ist überliefert).

Die letzten sieben Eintragungen im Wippenhauser Kreuzbuch stammen aus den Jahren 1753 und 1754, sodass das Buch insgesamt zweihundertsechsundvierzig Mirakelberichte enthält.

Um das Jahr 1772 wurde das Heilige Kreuz von unbekannten Dieben aus der Wippenhauser Kirche gestohlen und blieb seitdem verschwunden.

Die Fundstelle des Heiligen Kreuzes im Wald zwischen Wippenhausen und Pettenbrunn ist bis heute ein Ort des Gebetes. 1728 wurde dort eine Säule aus Eichenholz errichtet, die mit der Zeit morsch wurde. Auf Betreiben des Revierförsters Max von Effner aus Freising wurde an selber Stelle eine Steinsäule in der Art eines Bildstocks errichtet, die 1842 nach einer feierlichen Prozession eingeweiht wurde.

Noch heute pilgert die Pfarrgemeinde Wippenhausen einmal im Jahr in einem Bittgang zur Kreuzsäule und gedenkt dort in einer Andacht dem Auffinden des wunderbaren Kreuzes.

Auch das Deckengemälde über dem Altarraum der Wippenhauser Kirche erinnert an das Heilige Kreuz. Dort sind die beiden Jäger abgebildet, wie sie das Heilige Kreuz im Wippenhauser Wald finden.

Quellen:
»Chronik der Pfarrei Wippenhausen«, Herausgeber: Pfarrer Anton Erber, herausgegeben von der Pfarrei Wippenhausen 1993, zu beziehen durch den Pfarrverband Kranzberg.
www.wippenhausen.de

Mein herzlicher Dank gilt

Anne Stumvoll, Gerd Munker, Hilla Czinczoll

meinen Eltern Roswitha und Wolfram Menschick

und natürlich meinem Mann Helmut und meiner Tochter Kathrin.

R O S W I T H A   W I L D G A N S

Roswitha Wildgans
FINALE FURIOSO
Broschur, 176 Seiten
ISBN 978-3-89705-437-0

»Eine singende Wirtin, die auch ermittelt – ein vergnüglicher Lesestoff.« Süddeutsche Zeitung

»Ein erfrischend gradliniger, unterhaltsamer Krimi mit einer sehr sympathischen Ermittlerin.« Libro fantastico

www.emons-verlag.de

M E M O N S V E R L A G

Roswitha Wildgans
SOLO MORTALE
Broschur, 192 Seiten
ISBN 978-3-89705-453-0

»Gute Unterhaltung für Fans von Hera Lind bis Agatha Christie.« Süddeutsche Zeitung

»Der Krimi verbindet Amüsement, bayerisches Ambiente und Spannung.« Erdinger Anzeiger

www.emons-verlag.de

R O S W I T H A   W I L D G A N S

Roswitha Wildgans
CONCERTO FATALE
Broschur, 192 Seiten
ISBN 978-3-89705-523-0

»Neben der spannenden Handlung und dem erfrischenden Lokalkolorit ist es eben die sympathische Hauptfigur, die mit ihren kleinen Schwächen und Spleens ›Concerto Fatale‹ zu einem kurzweiligen und amüsanten Lesevergnügen machen – ein gewitzter Krimi aus Oberbayern mit viel Charme und einer überraschenden Auflösung.«
Moosburger Zeitung

www.emons-verlag.de